一次元の挿し木

松下龍之介

宝島社
文庫

一次元の挿し木

プロローグ

石見崎《いしみざき》明彦《あきひこ》／二十四年前

「ざっと八百人ほどらしい」

「何が、ですか？」

「この湖の遺体だよ」

身を刺すような寒さの中、石見崎明彦が見下ろした先には、直径三十メートルほどの小さな湖があった。

曇天《どんてん》を映す水面《みなも》は灰青色に染まり、湖畔は雪に覆われ、ところどころで岩肌が露出している。そのあたり一帯が、無数の白骨遺体で埋めつくされていた。

「……呪われそうですね」

むごいものだった。石見崎は目をそむけたい衝動に駆られる。

インド、ウッタラーカンド州のヒマラヤ山中、標高五千メートルに抱かれた氷河湖

――〝ループクンド湖〟。それが地獄の跡地の名だった。一九四二年にパトロール中だったイギリスの森林保護官に発見されて以来、この湖ではたびたび調査がおこなわれてきた。が、現在においても、骸《むくろ》たちの死の原因は明らかにされていない。

「そう思うなら、さっさと済ませるぞ」

石見崎と同じ赤色のダウンジャケットを着た七瀬《ななせ》京一《きょういち》が、臆する様子も見せずに岩肌の斜面を降りていく。

「まったく、かっこいいよなぁ」

石見崎は、肩かけ鞄《かばん》から水色の帯電帽とマスクを取り出す。それらを身に着けると、足を滑《すべ》らせないように注意しながら、七瀬のあとに続いた。

湖の周囲では、すでに調査隊のメンバーたちが発掘作業を開始していた。各々《おのおの》がシャベルで雪を除《の》けたり、人骨の出土状態をスケッチしたりしている。

「事前情報によると――」

七瀬は資料を見ながら器用に人骨の山を進んでいく。

「このあたりの死体は、南アジア人のものが大半らしい。死亡時期は千年から千三百年ほど前だ。で、あの一帯が――」

七瀬は、湖を挟んだ反対側の湖畔を指さす。

「地中海人の集団だ。三百年前に死亡している。その隣の一角は東アジア人が多い。死亡時期は二百年前だな。湖中になると、人種も死亡時期も多種多様だ」

「こんな辺鄙《へんぴ》な場所で、これだけたくさんの死体が発見されるって、どう考えてもおかしくないですか?」

石見崎は、かじかむ手をこすり合わせながら七瀬に尋ねた。だが、返事はない。石見崎は先輩である七瀬の無視に慣れている。『返答なし』。それが意味するところはいつも一つ。『俺が知るか』だ。

足音が近づいてきた。二人が顔を上げる。凛《りん》とした空気をまとった一人の女性が見えた。七瀬が挨拶《あいさつ》する。

「仙波《せんば》先生」

仙波佳代子《かよこ》。この調査隊のリーダーだ。七瀬や石見崎よりも一回り以上年上で、歳《とし》はすでに五十に差しかかる。

「七瀬くん、ちょっとこっちに来てくれる?」

品のあるハスキー声。長い研究者人生の中で、男たちをまとめあげるために培《つちか》われてきたものだ。

「〝当たり〟が見つかったのですか?」

「もともと目星はつけていたのよ」

仙波に促《うなが》されるまま、二人はあとをついていく。

「ここよ」

仙波が指し示した先では、インド人の調査員たちが地面の氷雪を削り取っているところだった。仙波が合図して調査員たちを退《しりぞ》かせる。

見ると、そこには一人分の白骨遺体が露出していた。流木のように朽《く》ちた周囲の人骨とは違う。長年にわたって氷雪の下で眠っていたからか、比較的、遺体が劣化していない。

七瀬は露出した遺体に触れた。

「保存状態は良好。筋繊維もわずかに付着しています」

「決まりね」

仙波はそう頷《うなず》くと、インド人研究者の一人と話しこみはじめた。相手の名はアモール。今回、石見崎たちの〝調査隊〟と共同で発掘調査をおこなっている人物だ。

「一度うちの研究所で検査したあと、あんたらのところに届けよう」

アモールはそう応じた。

石見崎は、七瀬京一の表情をうかがった。その眼の奥には、静かな野心が揺らめいている。七瀬は石見崎の二つ年上で、大学も同じだ。もう十五年来の付き合いになる。

だが、七瀬の眼差《まなざ》しは、出会ったころと何一つ変わっていない。

石見崎の表情が硬かったからだろう。仙波と話を終えたアモールが石見崎の肩を叩《たた》いた。

「どうした？　腹でも痛いのか？」

「こいつはどうやら、この湖に呪われないかと怯《おび》えているらしい」

七瀬が口元を歪《ゆが》ませて代わりに応えた。インド人研究者が笑う。

「呪い？　心配するなよ。俺たちのおこなっていることは、人類の発展に重要なことだ。誇りを持とう」

石見崎は愛想笑いを浮かべて、その場を取りつくろった。だが、慰めにはならない。

石見崎は、再び七瀬の顔を見る。そこで、かねてより自分の頭から離れない疑問を、今度は心の中でつぶやいた。

——七瀬先輩。俺たちは、呪われて当然なのでは？

第一章

1 七瀬悠《はるか》／現在

喪服姿で税込み六千四百円の大ハンマーを購入した客は僕が初めてだったのだろう。僕と同い歳くらい、二十代半ばのレジ打ち係の訝《いぶか》し気な視線を感じつつ、全長一メートル、赤いヘッドの大槌《おおづち》を肩に担ぎ、僕はホームセンターを出た。

外は雨。傘はない。代わりに処方された錠剤を口に放りこむ。そのまま、通り向かいの葬儀場に向かう。

葬儀はすでに始まっていた。

列席者は二十人ほど。小さな葬儀だった。遺影はない。なくとも、少女の鮮やかな茶色の瞳は脳裏《のうり》に刻まれている。

怒りが、腹の底から湧き上がった。

僕は彼女のためにあつらえられた棺桶《かんおけ》のもとにまっすぐ進んだ。

列席者の何人かが振り返る。僕を見て、それからすぐに肩に置かれた赤い金属塊に視線を移す。それから視線はまた僕へ。

僕は般若心経《はんにゃしんぎょう》を唱える坊主の隣に立った。

アーメン。

そう心の中でつぶやき、税込み六千四百円の大ハンマーを棺《ひつぎ》に向かって振り下ろす。ベニヤの叩き潰《つぶ》れる音。アンサンブルで、背後から女性の悲鳴が上がる。それに端《たん》を発し、列席者の怒号や警備員を呼ぶ声が輪唱のように葬儀場全体へ広がっていく。阿鼻《あび》叫喚《きょうかん》の渦《うず》を一人の声が裂く。

「悠くん！」

僕の名だ。

声の主は、最前列にたたずむ一人の男。

七瀬京一。

少女の肉親であり、僕の義理の父親でもある男が、怒りの眼差しで僕を見ていた。

「すまない、私の息子なんだ。あとは私に任せてくれ」

葬儀場の外、降りしきる雨の中で、僕は警備員の二人に両脇を固められていた。義理の父親の一声でなんとか解放される。

「悠くん……いったい、どういうつもりだ」

「こっちのセリフだ！」

濡《ぬ》れた拳《こぶし》で京一の胸倉を摑《つか》んだ。

「紫陽《しはる》の葬式だって？　まだ生きている娘の葬式をやる親が、いったいどこにいるんだよ！」

去りつつあった警備員二人が振り返る。が、京一は手で彼らを制した。

「……わかってくれ。気持ちの整理が必要だったんだ。だから、きみもそんな恰好《かっこう》で来たんだろう？　きみはあの娘《こ》を実の妹のように可愛《かわい》がってくれていたから」

義理の父の顔をまじまじと見る。

ゆるやかに整えられた光沢のある銀髪。引き締まった顔つき。厳格さを携《たずさ》えた眼差し。そのすべてが、大手製薬会社〝日江《にちえ》製薬〟の主幹研究員兼代表取締役であることを物語っている。そんなやんごとなき男の胸倉を摑む身のほど知らずは世界でも僕くらいだろう。

僕は彼のシャツから手を離した。

「あんた、僕に黙って紫陽の失踪届を出したのか」

「そうだ」

「いかれてる」

京一は目元に皺《しわ》を寄せる。

「……あれからもう、四年になるんだぞ」

「まだ四年だ！　それなのにあんたは、紫陽の捜索を諦《あきら》めた！」

「あの豪雨で行方《ゆくえ》知れずとなったのは紫陽だけじゃない。ほかの遺族はすでに、断腸の思いで私と同じ決断を下した。私たちも、未来へと目を向ける頃合いだろう。娘のことできみの将来が台なしになるのを見たくはないんだ」

京一は乱れた襟元《えりもと》を整えつつ、額《ひたい》の雨粒を払った。

「きみには未来がある。石見崎も言っていたよ。きみは優れた遺伝子学者になれると
――」

「僕は紫陽を見た」

義理の父がため息をつく。

「またそれか」

「あいつは、僕の学会発表を見にきてたんだ」

僕がそう言うと、京一は憐《あわ》れむような表情を浮かべた。

「見間違いだ」

京一はそう言い捨て、葬儀場のほうに踵《きびす》を返した。

「見間違いなんかじゃない！」

僕は京一の背に叫んだ。

「僕はこの目で、確かに見たんだ。信じろよ！」

2　七瀬悠／九年前

「自分の目で見たことが、信じられないんだ」

六月の長雨が、見渡す限りの紫陽花《あじさい》を濡らしている。その花々に縁取られた石階段を、まだ高校生だった僕は二歳年下の少女とのぼっていた。

少女が僕の妹になってから、そして、僕の姓が七瀬となってから、まだそう日が経《た》っていないころだった。

「僕が子供のころ、夜にこの山で迷子になったことがあってさ。そのとき、見たんだよ」

「見たって、何を？」

僕はもったいぶるようにして、横目で彼女の顔を盗み見た。だが、傘が邪魔している。見えるのは、口元の柔らかな笑みだけ。

「怪物さ」

「わあ、こわい」

「牛の頭をした大男が、ゆっくりと歩いてたんだ」

くすくすと、彼女は笑い声を漏らした。僕も釣られて苦笑いする。

「わかってる。信じてないんだろ。みんなに訴えても、今のきみと同じような反応だったよ。だけど、確かに見たんだ」

「でも、誰も信じようとしなかった」

「そう。昔から、そういうことがよくあった。それからは何にしても、僕はまず自分の目を疑うことにしたんだ。この山を登るたびに、その気持ちを思い出す」

「ふむ。私の兄となったお方に、そんな悲しい過去があったとは」

そう言うと、彼女は僕に先んじて階段を一つ飛ばしで駆け上がった。濡れた黒玉石のように艶《つや》やかな髪が、僕の目の前で揺れる。

それから彼女は軽やかに振り返り、僕の顔を覗《のぞ》きこんだ。

「『誰の目でもない、自分の目で見たことを信じなさい』」

紫陽花の花弁に乗った雫《しずく》のように透明な肌。肥沃《ひよく》な土壌を思わせる濁《にご》りのない茶色の瞳。真実の中の真実を約束するような、その微笑《ほほえ》み。

七瀬紫陽のその姿には、五月雨《さみだれ》の清らかな美しさのすべてがこめられていた。

「なーんて」

紫陽は茶目っ気のある笑顔を見せた。

「知的な人の言葉を借りれば、賢く見えるかな？」

彼女の発する言葉は、たとえそれがなんでもないありふれたものであったとしても、まるで彼女だけが知る世界の秘密をそっと打ち明けてくれているように響いた。

「誰の言葉？」

「バーバラ・マクリントック」

「知らないな」

「遺伝子学者。女性のね」

「科学に興味があるの？」

「父の影響。遺伝子学者の自伝とかが家の本棚にあったから」

「じゃあ、将来は科学者だね」

石階段をのぼり終える。周囲は色鮮やかな紫陽花とたくさんの木々に囲まれていた。続く先には、苔《こけ》むした岩壁の山道が続いている。濡れた土の匂いが鼻をかすめる。

「それにしても、本当にきれいな場所」

紫陽は息を弾《はず》ませながら言った。

「それに、不思議な場所。迷路みたい。道も複雑だし、階段ばかりだし。紫陽花の迷宮ね」

「馬鹿みたいに植えすぎなんだよ。毎年五月になると、地元の小学生たちが実習で挿し木していくんだ」

「まあね。土にまみれながら、ひたすらアジサイの茎をぶっ刺していったよ。それがこの町の情操教育なんだ」

「悠くんも？」

「言い方」

紫陽は小さく噴き出した。愚かにも、彼女を笑わせるたびに、僕は唯一無二の宝石を勝ち取れた気分になった。

「親しみが湧くな」

紫陽は歩を緩《ゆる》め、道端にしゃがむと、藍《あい》色の花びらをそっと撫《な》でた。

「僕が植えたから？」

「それもあるけど……」

紫陽は意味ありげに口角を上げた。

「……この花は、私と同じだから」

「どういう――」

そう言いかけて、僕は気づいた。

「ああ、名前か。きみの」

紫陽は何も答えず、立ち上がった。

「ここの頂上には何があるの？」

「案内するよ。それを見せるために、きみをここに連れてきたんだ」

僕は自信たっぷりに答えた。

「怪物を紹介してあげるよ」

3　石見崎明彦／現在

しんどい。まるで紫陽花の迷宮だ。

降りしきる雨の中、石見崎は紫陽花の咲く山道を一人登りながらそう思った。

先ほど参列していた葬儀で、大学の研究室の教え子がハンマーで棺桶を叩き壊す姿を目の当《ま》たりにしてから、石見崎は彼の姿を追っていた。

七瀬悠はこの山の頂上にいるはず。会社員時代の先輩である七瀬京一は淡々とそう告げた。

石見崎が会社員だったのも今は昔。二十年ほど前に日江製薬を退職したのち、今は大学で教鞭《きょうべん》を執《と》っている。専門は遺伝人類学。国内外の遺跡から見つかった古代人のDNA解析をおこなっている。いわば、考古学の親戚のような分野だ。

石見崎は自ら汗をかき、土で手を汚す仕事が好きだった。そうして遺跡から発掘した人骨のDNA型を鑑定し、名もなき死者たちが何者であるかを解き明かす。冒険心と知的探求心に満ちた研究だ。以前は情熱に身を任せ、さまざまな現場へ足を運んだ。それゆえに、足腰には自信があった。あったはずなのだが――、やはり衰えは否《いな》めない。

今年でもう五十八歳になる。加えて、近年はさまざまな問題――際限なく増幅する大学での雑務や会議、講演会、加えて家族の介護――で出不精《でぶしょう》になっていた。その一方で、好物のチョコレートを控えることもできず、かつて七十キログラムほどだった体重は、今では九十キログラムを超過していた。

かの高名な遺伝学の父、グレゴール・メンデルの言葉が頭に浮かぶ。そう、中学の理科の授業を真面目《まじめ》に受けていた者であれば誰でも知っている〝メンデルの法則〟を発見したその人だ。メンデルはエンドウマメの交配実験などを含めたさまざまな研究に取り組んでいたが、四十代半ばでそのすべてから退いたという。その理由の一つが〝太りすぎ〟だ。野外実験のために丘を登れなくなったのだ。

メンデル曰《いわ》く、研究の継続は『万有引力の働く世界では非常に困難になった』とのことだった。これを知った当時、石見崎は彼のユーモアのセンスに敬服した。が、今となっては、その無念は痛いほどに理解できる。

それにしても、この山を登るのは一筋縄ではいかないようだ。山といっても、大きくはない。『小高い』という表現が適しているだろう。だが、その道のりは複雑怪奇だ。道一つとっても、そこから縦横無尽《じゅうおうむじん》に石造りの階段や土肌の坂道が延びており、その多くは曲がりくねって、行く先に予測がつかない。かと思えば行き止まりにぶつかることもあった。さらに、背の高い石垣や、生《お》い茂る木々、溢《あふ》れるほどの紫陽花でしばしば視界を奪われる。

景色が美しい分、ここを迷路のように楽しむ人々は多いのだろうが、純粋に頂上を目指す上では骨が折れる。

茨城《いばらき》県北部に位置するこの山の正式名称は日江市山城《やましろ》公園。名前の通り、ここには昔、城が築かれていたという。戦国時代の武将によるものだ。江戸時代に幕府から一国一城令が出され、城そのものは解体されたものの、堀や土塁、石垣はまだ残っている。迷宮のように入り組んだこの道も、その名残《なごり》だ。地元の人間は、この山を『山城』と呼んでいた。

石見崎は、会社員時代、この山城の麓《ふもと》にある広場によく足を運んだ。かつて所属していた日江製薬の拠点がこの近くにあったからだ。退職後も何度か訪れたことがある。が、この山城を登るのは初めてだった。

えっちらおっちら、雨でぬかるんだ坂を上がり、なんとか頂上にたどり着く。

視野がさっと開けた。

頂上は広々とした平場だった。その中央には、大きな楠《くすのき》が鎮座している。そばにある看板の説明文によると、樹齢五百年とのことだ。

戦国時代、ここには山城の本丸が築かれていたらしい。その四方は高矢倉が置かれていたとのことで、今ではそこから町を一望できるようだ。

悠の姿はない。代わりに、楠の陰に隠れ、小さな建物があった。二階建ての白い洋館だ。

あれは、以前に悠から聞いていたものだ。

山城美術館。

石見崎はその建物に近づいた。

見ると、縦長の上げ下げ窓はひび割れ、鎧《よろい》張りの壁は塗装が剝《は》げかけている。入口に掛けられたレトロなランプには、雨雫《あましずく》をまとった蜘蛛《くも》の巣が張っていた。

見るからに閉鎖しているようだった。誰かが中にいるようにはとても見えない。

石見崎は建物の玄関口に近づいた。錆《さ》びついた冷たいドアハンドルを握り、ゆっくりと引いてみる。すると扉が動いた。そのまま扉を開くと、金切り声のような音とともに、湿ったかび臭い空気が漏れ出した。

中は薄暗い。床には埃《ほこり》をかぶった赤絨毯《じゅうたん》が敷かれている。受付窓口は無人だ。

「悠くん、いるかい？」

しんとした空気の中、そっと呼びかける。返事はない。赤絨毯をよく見ると、濡れた足跡が続いている。

石見崎は持っていた傘を折り畳み、中に入った。

壁際には空っぽのガラスケースが並べられ、白い壁のところどころには何も掛かっていない鉤《かぎ》がある。長方形にかすかに色褪《あ》せた跡を見るに、額縁が飾られていたのだろう。美術館と呼ぶには殺風景《さっぷうけい》だ。

足跡をたどり、奥行きのない部屋の角を右に曲がる。細い廊下が続いていた。石見崎はゆっくりと歩を進める。

進んだ先の右手に、欧州調の木製の手すりが現れた。階段だ。

その手前の左側の壁で、鈍い光が煌《きら》めいた。巨大な斧《おの》が掛かっていた。対称形の両刃斧で、大きさは石見崎では持ち上げることすらままならなそうなほどだ。が、石見崎は斧よりも、その横に掛かった油絵に目がいった。

それは、身の毛もよだつような絵画だった。

地下牢《ろう》のような通路。そこに牛の頭をした大男が、片手に大斧——壁に掛けられている実物にそっくりなもの——を持ち、もう片方の手には四肢の千切《ちぎ》れた女の肉塊を引きずっている。怪物の目の前には、腰を抜かした男が必死に命乞いをしている様子が描かれていた。

半人半牛の怪物。

石見崎は、この怪物を知っていた。これは――。

「ミノタウロスですよ」

突然の背後からの声に、石見崎は仰天した。

振り返ると、階段の中ほどに悠が腰かけていた。ずぶ濡れの喪服が、階段に敷かれた赤絨毯を濡らしている。

「ギリシャ神話に出てくる怪物です。迷宮に潜み、迷いこんだ人間を襲って食べてしまう」

悠は石見崎のほうには目もくれず、ただじっと絵を見つめつづけていた。まるでそこに秘密のメッセージが隠されてでもいるかのように。

「驚かせないでよ」

悠は、一言でいえば、息を呑《の》むほどの美青年だった。ミステリアスな雰囲気をまとい、中性的な顔立ちで、目鼻立ちもくっきりしている。きっと笑み一つ作れば、老若《ろうにゃく》男女《なんにょ》を問わず、どんな相手でも虜《とりこ》にしてしまうだろう。

だが、悠は笑わなかった。少なくとも、石見崎は悠を自分の研究室に受け入れてからの四年間、心の底から笑った姿を見た記憶がなかった。

だから彼はいつも孤独だった。

「怖くないの、この絵」

石見崎は尋ねてみた。

「怖いですよ。子供のころは、よくこいつがこの山城をさまよってる幻《まぼろし》を見たものです」

「そんな絵を、着替えも惜《お》しんで見る理由があるの？　そんなにびしょ濡れじゃ風邪《かぜ》ひくよ」

石見崎がたしなめると、悠は内ポケットを探り、錠剤を取り出した。それを口の中に投げこむ。

「またそれか。飲み過ぎは――」

「風邪薬ですよ」

まったく。石見崎は心の中で苦笑いする。

「それで、先生はどうしてここへ？」

「そりゃ、きみが心配で」

本心からだった。

悠は現在、博士課程一年目として石見崎の研究室に在籍している。不愛想ではあるが、後輩たちへの面倒見がよく、指示した仕事――外部から依頼されるＤＮＡ型鑑定をはじめとした委託研究や、文献調査にデータ整理、学部生のレポートの採点など

──はキッチリとこなす優秀な学生だ。

石見崎は真面目な人間が好きだった。だからこそ、悠のことを不憫《ふびん》に思っていた。

四年前に〝妹が行方不明になった〟ばかりのころの悠は目も当てられなかった。喪失感が彼を蝕《むしば》みつくしてしまっていた。茫然《ぼうぜん》自失のその眼は、何かに取り憑《つ》かれた人間のそれだった。

石見崎が悠と出会ったのは、ちょうどそんなときだった。廃人同然だった彼の社会復帰を促すため、七瀬京一が石見崎に面倒を見てくれと頼んできたのだ。たまたま同じ大学で、遺伝学を専攻していた悠を断る理由はなかった。

あのころに比べると、今の彼は落ち着いているように見える。しかし、今日のような出来事を思うと、悠はいまだに妹の幻影に囚《とら》われているのだと、石見崎はつくづく思い知った。

身を滅ぼしつづけるこの若者の魂《たましい》を、どう救えばいいのだろう。石見崎は悠の眼を見るたびに、そんな思いを抱く。

「悠くんこそ、どうしてここに？」

「ここは僕の避難所みたいなものですので」

悠は目を細めて言った。

「この美術館って、確かきみの母方のお祖父《じい》さんが運営していたんだよね？」

「僕が物心つくころにはすでに閉鎖していましたけどね。残っているのはこの絵と斧だけです。祖父は母に継がせようとしたようですけど、あの人はまったく興味を示さなかった」

「確か、悠くんのお母様は――」

「八年前に他界しました。脳の病気で」

「それは、お気の毒に」

「いいえ、生前はインチキ宗教にのめりこんで、隠れて家の金をお布施していたような人ですから、むしろ安心しています」

石見崎の胸に疼痛《とうつう》が走った。果てしない罪悪感が、口を乾かし、脳を熱くする。

「ところでさっきの――」

言いかけたところで、石見崎の携帯電話が震えた。見ると、メールが届いていた。送信者は、二十四年前のあの呪われた湖で、共に仕事をしたインドの研究者、アモールだった。

『骨を送った』

文面は、その一言だけだった。だが、それで十分だった。石見崎の全身に痺《しび》れるような悪寒《おかん》が走る。携帯電話を額に当て、二度、三度深く息を吐いた。

「先生？」

悠が訝しむように石見崎を見た。石見崎は頷いたものの、圧迫感で声が出なかった。

——ああ、なんという因果だろう。

石見崎は目の前の哀れな若者を見てそう思った。

「あのさ、悠くん——」

石見崎は言いかけて、葛藤《かっとう》した。

自分は今、自分たちが生み出した、この淀《よど》んだ呪いの渦に、この青年を引きずりこもうとしている。それが正しい選択なのか、石見崎には判別がつかなかった。

「とりあえず、帰らないか？　車で送っていくからさ。それと——」

過去が、過去という怪物が、口を広げて石見崎を呑みこもうとしていた。

「——頼みたい仕事があるんだ」

4　七瀬悠／現在

「悠くんって車は持ってないんだっけ」

僕は石見崎教授の運転する車の助手席に座っていた。

車は現在、常磐《じょうばん》自動車道を走っている。僕と石見崎の自宅は、どちらも東京にある大学の近くにあった。日江市から車で二時間ほどの距離だ。

「持ってますけど、最近ブレーキの利きが悪くて。だから今日は電車で来ました」

本当の理由は、冷静さを保って運転する自信がなかったからだが。

「あげようか？　この車」

石見崎の車は黒のミニバンだった。だが、特別な仕様が施されている。バックドアから車椅子が昇降できるよう、引き出し式のスロープと電動のウインチベルトが取りつけられている。いわば福祉車両だ。

「これ、お嬢さんのための車ですよね？」

石見崎の娘には重度の知的障がいがあった。普段は寝たきりで、移動には車椅子での介助を要すると聞いている。名前は確か、真理《まり》といっただろうか。

「もう不要になりそうでね」

石見崎はぽつりと言った。

僕はその言葉の意味するところを察し切れなかったが、それ以上は尋ねなかった。代わりに、窓を覆う雨の薄膜を通して、陰鬱《いんうつ》な景色に目を移す。

「それで、『頼みたい仕事』というのは？」

「いつものやつだよ」

つまりは、古人骨のＤＮＡ型鑑定。

「どこで見つかったものですか？」

「ループクンド湖」

初めて耳にする地名だった。

「インドのヒマラヤ山脈にある湖さ」

「外国からなんて、珍しいですね」

「昔の縁でね。二十四年前に僕が取り上げたものなんだ。京一さんと一緒にね」

今はその名前を聞きたくなかった。

「二十四年前に発掘した骨を、なぜ今ごろ？」

「当時は会社の経営状況の悪化で調査が打ち切りになってしまってね、人骨を日本に持って帰れなかったんだ。けど今さらになって、そのとき一緒に発掘調査に携わっていたインドの研究者から連絡があってさ。『今も研究を続けているなら、DNA鑑定をしてくれないか』って頼まれてね。それでうちに送られてくることになったんだ。まあ、やることはいつもと変わらないから」

僕は石見崎の横顔を見た。

柔らかな口髭《くちひげ》を蓄えた丸顔。『グッド・ウィル・ハンティング』のロビン・ウィリアムズを彷彿《ほうふつ》とさせる。ただ、そのいつもの顔に、今日はどこか陰りが見えた。

「何か、気になることでも？」

僕が尋ねると、石見崎は図星であることを誤魔化すように笑みを浮かべた。

「いや、その湖、なかなかの曰くつきでね」

「曰くつき？」

「その湖で、八百体近くの遺骨が発見されたんだ」

「はあ」

それだけの数の遺骨が見つかる遺跡は滅多にない。だが『曰くつき』と称するほど特殊でもない。世界的に見れば、大規模な集落跡から、それだけの遺骨が発見された例はある。

「呪われた場所なんだ」

「どういう意味ですか？」

「当時、地元の人に言われたんだよ。『その湖の骨を持ち去った人間はみんな呪われてしまう』ってね。そこにある骨は、呪われた人間たちの末路だとも話していた」

「よくある脅《おど》し文句じゃないですか」

「でも、ループクンド湖は標高五千メートルを超えた場所にある小さな湖だよ。人が住めるような環境じゃない。そんな場所で、そんな大量の人間が死ぬと思う？」

「まあ……」

「それだけじゃない。遺骨のルーツは、南アジアや東アジア、地中海とさまざまだ。死亡時期もみんなバラバラ。七世紀から十世紀、遺体によっては十九世紀と、千年以上も差がある。不可思議極まりないが、結局、二十四年前の調査でもそれらの理由はわからずじまいだった」

「今回の骨は、そのうちの一つ？」

「そういうこと。インド側の年代測定で、すでにそれが二百年以上前に亡くなった少女だということはわかってる」

「少女である根拠は？」

「右大腿骨《だいたいこつ》の近位端が癒合《ゆごう》していなかった」

人間の骨は成長する過程で軟骨から骨へと変化する。大腿骨の近位端（体幹に近い部分）では十五歳から二十歳のあいだに変化（癒合）することから、それが確認されていないということは、骨の主は二十歳未満だと推定される。

「寛骨《かんこつ》の大坐骨《だいざこつ》切痕も広い」

寛骨というのは骨盤を形成する骨だ。女性は大坐骨切痕と呼ばれる大きな窪《くぼ》みが男性よりも広い。

「なるほど」

「きみに頼むのは、より詳細な調査だ」

石見崎は口元を歪ませながら、僕を横目で見た。

「呪われた湖と、その骨。どう？　やっぱりやめておく？」

「まさか。僕におあつらえ向きですよ」

僕は前に向き直った。そぼ降る雨でぼやけたフロントガラス越しに見る世界。その先に続く道は、暗い湖の底に続いているかのように見える。

僕は錠剤を口に入れた。

「呪われて失うものなんてありませんから」

5　七瀬悠／現在

少女は小分けにされている。

上腕骨、脛骨《けいこつ》、寛骨、鎖骨、胸骨、頭蓋《ずがい》……。

生前、少女の艶やかだったであろう肌は、今では完全に削《そ》げ落ちている。露出した骨膜にはビニル系合成樹脂のビュットバルが塗られている。

少女が何者だったのか、今となっては誰も知らない。

少女がどのような最期《さいご》を遂げ、なぜ、あの呪われた湖にいたのかも、知る人間はいない。

また、彼女自身も知る由《よし》がないだろう。まさか自らの死から二百年以上が経過した現在、その謎を解き明かそうとする者がいることを。

紫陽の〝葬式〟から五日後。

小分けされた少女は、それぞれが生成《きな》り色のざら紙に包まれ、研究室の大机に並べられていた。

「七瀬先輩、それが例の湖のやつですか？」

研究室の後輩の新橋郁恵《しんばしいくえ》が、パソコンのディスプレイから僕に目を移した。一つ学年が下の彼女は修士二年目で、今は修士論文の執筆を進めている。

「そうだよ」

僕はざら紙の包みを一つ手に取った。冷蔵庫から取り出したばかりで、まだ氷嚢《ひょうのう》のように冷たい。紙の表面には、黒の油性ペンで〝right femur〟と殴り書きされている。

〝右大腿骨〟だ。

「そのループクンド湖ってところ、調べてみたら、謎多き骸骨の湖として有名らしいですね」

「みたいだね」

「その解析、手伝いましょうか？　確か先輩、学生のレポートの採点もまだでしたよね？」

新橋は気の利く後輩だった。だが、ただ気を紛らわせるためだけに研究室に入り浸っている僕のスタンスとは相性が悪かった。

「大丈夫。解析はもう終わってる。あとは結果をＤＤＢＪに登録するだけなんだ」

『日本ＤＮＡデータバンク《ＤＤＢＪ》』のデータベースには世界中の遺伝子学者が解析したＤＮＡ情報が登録されており、自らの解析対象と近いＤＮＡを持つ検体を見つけることができる。人骨のルーツを探る手段として欠かせないものだ。

「それなら、それだけでも私がやっておきますよ」

僕は折れて、新橋にデータの登録を任せることにした。代わりに机の上に並べた人骨の包みを、一つ一つ冷蔵庫にしまっていく。

摂氏四度に設定された大型の冷蔵庫の中には、ＤＮＡサンプルの入った容器が保管されている。その中には、妹のものもあった。昨年の新人向けのオリエンテーションで使用したものだ。

オリエンテーションでは、石見崎教授を含めた研究室のメンバーと、各々の親族のＤＮＡサンプルを用いて、血縁関係とＤＮＡ型鑑定結果の相関関係の検証方法などを教えた。

教育する側でありながら親族のいない僕は、仕方なく実家に残された紫陽の髪の毛を持ち寄ったのだった。そのときの検体を、僕はいまだに廃棄することができていなかった。

僕は紫陽の名が記されたラベルをそっと指で撫でたあと、冷蔵庫の扉を閉めた。

片付けも終わり、一息ついて椅子に座る。

「あれ？」

新橋が素《す》っ頓狂《とんきょう》な声を発した。

「どうかした？」

「解析結果をすでに登録されているデータと照合したら、百パーセント一致したものがありました」

「百パーセント？　そんなわけないでしょ」

「でも……ほら、ちょっと見てください」

新橋の後ろからディスプレイを覗きこむ。確かに彼女の言う通りだった。

百パーセント一致。つまり、この人骨の主と同一人物のＤＮＡが、すでにデータベースに登録されていた事実を意味する。

このループクンドの人骨が、以前に別の研究施設でＤＮＡ鑑定され、その結果が登録されていた、ということだろうか。今回の解析依頼の詳細は石見崎しか知らない。ありうる話だ。

「登録元は……あれ？　この研究室じゃないですか」

「本当だね……なんだこれ」

僕はデータをクリックして詳細情報を表示した。

登録年月は、去年の四月。

検体ナンバーは――。

瞬間、悪寒が全身に走った。

「検体ナンバーは……〝T548〟ですって。何かわかります？」

新橋の質問に、言葉が詰まる。代わりに、僕の目は自然と冷蔵庫に向いた。それに釣られた新橋も冷蔵庫を見て、不思議そうに僕に視線を戻す。

「なんです？」

「……紫陽だ」

「え？」

「この人骨のDNAは、僕の妹のものと一致している」

第二章

1　アモール・ナデラ／某日

――俺は何も、間違ったことはしていない。

アモール・ナデラは、煌びやかに色めく夜の旧市街を、息を切らして駆けていた。

インド、テランガナ州ハイデラバード。四つの尖塔《せんとう》を有する巨大な白の門――チャールミナールに見下ろされた通りには、今日も多くの人々が行き交う。

この地上のありとあらゆる雑貨と食い物に装飾されたこの街をアモールは愛していた。が、今は迫りくる死の予感で、そのぬくもりを感じる余裕はない。

極彩色のサリーを吊《つ》るした屋台や堆《うずたか》く積まれたチャイ用カップの山、自転車と一体化したアイスクリーム屋台、赤い風船の束を持つ男のあいだを彼はくぐり抜ける。

群衆を必死にかき分けつつ、背後を振り返る。ひと際高い男の影がゆらりと揺れた。

くそっ。

行く手を遮《さえぎ》るヒジャブの女を突き飛ばし、通りの角を曲がる。背に罵声《ばせい》が浴びせられる。

狭い路地裏を走り抜けた。途中、通りの脇に置かれた造花の詰まったポリバケツにぶつかる。が、すぐに体勢を立て直し、なんとか建物と建物の隙間に身を滑らした。

壁に手をつき、脈打つ心臓と息切れを死にもの狂いで鎮めた。息をころし、周囲の気配を探る。追手が近づいてくる気配はない。

一分近く過ぎた。変化はない。

アモールは深く息をつき、安堵《あんど》の笑みを漏らした。

と、そのときだった。

〝ちゃぽん〟。

背後で、液体の揺れる音がした。

アモールは恐る恐る振り返った。

そこには、東洋系の男が邪悪な笑みを携えながら立っていた。

「追いかけっこはおしまいですか?」

瞬間、アモールの口を何かがふさいだ。

アモールは椅子の上で目を覚ました。

ぼんやりとした頭であたりを見回す。薄暗い屋内だ。誰もいない。中はムスリムの装飾が目立つ。建物は広いようだ。壁は剝がれ、床にはたくさんのゴミや木片が雑然と散らばっている。打ち捨てられたモスクのようだ。

アモールは立ち上がろうとする。とたんに、手足に鋭い痛みが走った。

自分の身体《からだ》に目を移す。全裸で、両足は金属製の針金できつく縛り上げられていた。恐らく腕も同じだろう。皮膚が切れそうだ。

そのとき、ちゃぽん、という音がモスクの内部に響き渡った。

アモールは必死で首を振って音の出処《でどころ》を探す。が、見えない。

ちゃぽ、ちゃぽ、という音が足音とともに近づいてくる。

音が止まる。すぐ背後だ。

「アモール・ナデラ、ですね？」

紳士然とした声だった。

「た、助けてくれ」

アモールの懇願は、ひび割れた砂岩の隙間に空《むな》しく吸いこまれていった。

「アモール・ナデラ。細胞分子生物学研究所〝CMB〟の主任研究者として、二十四年前に日江製薬と共同でループクンド湖の人骨調査に携わる」

背後の声は続けた。

「そのわずか半年後にＣＣＭＢから突然の解雇を通達される。理由は職務怠慢。不当解雇で訴訟を起こすが、結果は敗訴。以降、職を転々とし、先々月にタクシー会社との契約を打ち切られたあと、現在は無職。年齢は五十四歳。妻と娘は十三年前にあなたの元を去った」

視界の外側から、ぬっと影が現れた。

東洋系の男。大男だ。牛革の茶色い山高帽をかぶり、その厚い胸板はチェック柄のベストと紺のネクタイで覆われている。暗いせいで、容姿は判然としない。二十代にも、四十代にも見える。

男は分厚い革手袋をしていた。その右手には、白のポリタンクが握られている。先ほどから聞こえる液体の音はそこからしていた。

「あんた、誰だ」

アモールは震える声で尋ねる。すると、男は紳士的な笑みを浮かべた。気を失う前に見た悪魔のような笑みとはほど遠い。

「失礼。てっきり私をご存じかと。なにぶん、あなたは私を見たとたんに逃げ出したので」

確かに、アモールは知っていた。少なくとも、耳にしていた。この男の存在と、それに付きまとう黒い噂《うわさ》も。アモールのような、厭世的《えんせいてき》で、この世の悪行と暴力を見飽きてしまったような男でさえも、身震いし、吐き気を催してしまうような噂だ。

「私は牛尾《うしお》」

紳士はポリタンクを地面に置き、自身の胸に手を置くと、穏やかな声でそう告げた。

「人骨の蒐集《しゅうしゅう》を生業《なりわい》としています」

まるで自社製品のプレゼンテーションをしている社長のようだった。

「なんだって、こんなことをしやがる」

アモールは悪態をつく。が、牛尾と名乗る男は眉一つ動かさない。代わりに、胸ポケットから錠剤らしきものを取り出し、それを飲みこんだ。それから再び口を開く。

「骨を捜しています。あなたが何者かに売却したとうかがいました。あなたがCCMBから去る際に持ち出したものです。それをお譲りいただきたい」

「そんなこと、誰から聞いた？」

「あなたの別の取引相手です。中国人の男……リーという名でした。彼にも売る算段だったのでしょう？　あのループクンドの人骨を」

嵌《は》められた、とアモールは思った。が、その考えを察したのか、牛尾はゆっくりと首を横に振った。

「違いますよ。私が無理強いして教えてもらったのです。彼は知っていることをなんでも教えてくれました。骨になるまで」

「骨？」

不吉な響き。アモールは口にしたことを後悔した。

牛尾はアモールの椅子の横に視線を落とした。アモールも釣られて見る。段ボール箱があった。開いているが、中は暗くてよく見えない。

「見えませんか？」

牛尾は懐中電灯を点《つ》け、箱の中を照らした。

赤黒く染みついた箱。その中に真珠のような乳白色の物体が詰められていた。

「あなたの取引相手です」

それが人の骨だと理解するのに、数秒を要した。

アモールは内からこみ上げるものを感じ、我慢できずに嘔吐《おうと》した。太ももに、熱い吐物がかかる。

「どうして、こんなことを！」

「教えてください。今、骨は誰のもとに？」

異常者だ。アモールは思った。この男は、人間ではない。判断は、早いほうがいい。

「……わかった。話す」

2　七瀬悠／現在

インドで発掘された二百年前の人骨のDNAが、行方不明の妹のものと一致した。

その恐ろしい事実が現実か否かをはっきりさせるため、僕は今、祈るような気持ちで箱形の大型装置の前にいた。ジェネティック・アナライザ。簡単に言えば、DNA配列を解読する装置だ。その装置が、たった今、シーケンス作業を終えたところだった。

時刻は朝の七時半を回っていた。

研究室には、今は僕のほかに誰もいない。しいて言えば、この研究室の住民である三匹のハムスター――名前はアデニンとシトシン、そしてチミン――くらいだが、その彼らもまだ活動を始めていない。僕を見守るのは、棚に置かれた骸骨の標本くらいだ。

後輩の新橋は解析結果の一致に興味を惹《ひ》かれていた様子だった。だが『最近できた社会人の彼氏が家に来るので』と言って昨夜のうちに帰宅していた。恐らく、単なる解析ミスだと判断したのだろう。僕自身、そう思う。しかし、どうしても不安が拭《ぬぐ》えなかった。

DNAサンプルを保管する大型の冷蔵庫の運転音と、秒針の進む音だけが部屋に響く。遠心分離機やボルテックス・ミキサー、PCR装置、恒温槽などの実験機器はすでに役目を終えて沈黙を守っている。

部屋は不気味なほどに静かだった。僕は立ち上がって顔を拭った。研究室の窓を覆うブラインドから朝日が差しこむ。研究棟の九階に位置するこの研究室からの朝の眺めは一見に値する。眼下に広がる中低層のビル群と、市の中心駅を囲む街並みは、人間社会の営みを観察するにうってつけだ。

橋上駅舎の入口には、駅前に敷かれた大通りを覆うほどの大規模な歩行者デッキが整備されている。平日の朝は、デッキの上をスーツ姿の歩行者が蟻《あり》のように行き交いはじめる。

普段であれば、徹夜明けの機能不全に陥った頭で、ぼうっとその景色を眺めているはずだった。

僕はパソコンの前に座り直すと、ディスプレイの電源を入れた。

解析ミスの場合、考えられる要因は試料の混入だ。

解析の前準備のため、自分が両腕を突っ込んでいたクリーンベンチ——研究員御用《ごよう》達《たし》のガラスに仕切られた箱庭——に、解析対象である人骨とは別の試料、つまり、紫陽のDNAサンプルが紛れこんでいたとすれば、昨日の解析結果もおかしなことではない。

それが最も可能性のある要因であり、それ以外考えられなかった。それを確認するため、僕は昨日から二つの検査を並行して進めていた。

一つは、〝ループクンドの人骨〟が本当に二百年前のものであるか、の確認だ。

『この人骨は二百年前のものである』との情報は、依頼元のインドの研究機関からの報告によるものだった。だが、もしこれが仮に紫陽のものであれば、当然のことながらこの人骨がそんなに時間を経ているはずはない。

『この人骨がいつの時代のものであるか』の確認は、〝放射性炭素年代測定〟という特殊な検査が必要となる。幸いなことに、同じ研究棟の二階にそれを専門とする研究室がある。僕はそこの研究員の糸原《いとはら》という男に、ループクンドの人骨の年代測定を特急で依頼していた。

もう一つの作業は、DNA型の再解析だ。人骨から新たに試料を採取し、今度はより慎重に作業をおこなう。その再解析は今、僕自身の手で終えようとしていた。

僕は震える手でマウスを操作し、解析結果を示すソフトウェアを起動した。結果を確認する作業には五分とかからなかった。

結論。

昨日実施した解析は適切におこなわれていた。

つまり、解析に用いた試料は間違いなくループクンドの人骨のものであり、そのDNA配列は、七瀬紫陽のものと一致している。

この人骨は、七瀬紫陽のものである。

そして、それが意味するところは……。

心臓が大きく鼓動した。血液の代わりに、冷たい鉛が全身に広がっていく感覚。一方で、こめかみは熱く、破れんばかりに脈打った。

思わず口を手で押さえた。研究室を飛び出し、廊下のトイレに駆けこむ。便器を抱え、吐き出せたのは胃液くらいだった。

喉が焼け、頰には不気味なほどに生暖かい涙が伝っていった。それを拭い、呼吸を整え、個室の壁に手をついて立ち上がる。

七瀬紫陽の死。

その現実が、視界を暗幕のように覆っていく。

洗面台で口を濯《ゆす》ぎながら、無理やり思考を働かせようとする。しかし、土砂崩れのような追憶が、それを遮っていく。

僕の義父となる男に連れられて現れた、梅雨《つゆ》晴間の朝日のように淡い美しさをもつ少女。その少女が時折見せる、木漏《こも》れ日のように暖かな笑顔。

――だめだ。考えるな。思い出すな。

彼女の冷たく湿った手のぬくもり。髪に指を通したときに香る、シナモンの匂い。僕らの避難所——誰もいない夜の美術館で知った、彼女の体温。

視線を上げると、鏡に映る男と目が合う。過去に生きる男。それが毒だと知ってなお、過去に縋《すが》る男。追憶という名の銃口が、僕に向けられていた。その引き金を引くのは、僕自身。

やめろ。だめだ。今はまだ、死を選ぶわけにはいかない。

汗に濡れた手で、ポケットから革財布を取り出す。小銭入れから抗不安薬を取り出して、二つに割った。それを喉の奥に投げこむ。

現実と追憶の防波堤となる、いつもの化学的な解決法。効果はてきめんだった。頭に浮かぶ紫陽の姿は次第に薄れていき、死への渇望は引いていった。代わりに、脳が再び動きだす。結局のところ、人間の喜怒哀楽など脳内の化学反応に過ぎないのだと、薬を飲むたびに思い知らされる。シナプス間隙の神経伝達物質が増えるようになれば、苦悩などいくらでもかき消せるのだ。

顔を拭い、思考する。

真実を、把握する必要がある。いったいなぜ、ループクンドの人骨が紫陽のＤＮＡと一致したのか。

考えられるのは、研究室に届いた人骨がループクンド湖のものから紫陽のものにすり替えられている、という可能性だ。

何者かが紫陽の死を隠匿《いんとく》し、今になって遺体を僕のもとに送りつける。これが、悪意なしにおこなわれたものだとは到底考えられない。

絶望が、次第に抗《あらが》いようのない憤《いきどお》りに塗り潰されていく。内臓を焦がすほどの憎しみ。

だとすれば、どうする？

僕自身の手で、紫陽の死を弄《もてあそ》んだ犯人を見つけ出してやろうか。しかし、これは明らかに刑事事件だ。……常識的に考えたら、警察に相談するべきだろう。

ポケットから携帯を取り出す。それから、一、一、〇、と入力する。

発信ボタンをタップする寸前だった。携帯が震え、着信が表示された。

発信者は、糸原和幸《かずゆき》。僕がループクンド、いや、紫陽の骨の年代測定を依頼した人物だ。

〈よお、御曹司《おんぞうし》。元気か？〉

いつもの軽い調子の声。それを裏付けるように、相手の背後からはポップな音楽が聞こえてくる。

「その呼び方はやめてください」

〈なんだよ、元気ねえな。徹夜明けか？　せっかく可愛い後輩のために、朝一で測定

結果を連絡してやったのによ〉

「ありがとうございます。でも――」

結果は聞かずともわかっていた。むしろ、聞きたくなかった。

〈ま、結果は『インド人は正しく仕事してた』ってことだな〉

想定外の回答。

「どういう意味ですか？」

〈そのままの意味だよ。あの骨、インドのどこだかの研究機関から送られてきたやつだろ？　測定結果は正しかったよ。そいつらの報告通り、人骨は紛れもなく二百年前のものだ。まあ、数十年は多少前後するが――〉

「ど、どういうことです⁉」

ありえない。人骨は、紫陽のものなのだ。

〈どうって……この測定、単なるバックチェックだろ？　二百年前のものだってことは、わかってたんじゃねえの？〉

僕の反応に驚いたのか、糸原も動揺したような声を出した。

〈大丈夫か？　おまえ〉

「……すみません。今からそちらにうかがいます」

3　石見崎明彦／現在

最低限の役目は済ませた。託すべき人間に託し、守るべき人間を守る手はずは整えた。あとは、得るべき協力を得て、果たすべき使命を果たすだけだった。

石見崎は自宅のリビングでテレビを点けた。夜通しで可能な限りの身辺整理を終え、疲れ切った身をソファに投げ出す。

テレビにはモノクロ映画が映っていた。かなり古い映画だ。

〈新しい命を前に眠っているぞ〉

テレビに映る男はそう言って、墓場から掘り起こしたばかりの棺桶を叩いた。それから助手の男とともに、人目を忍んでそそくさと棺桶を運び出す。

この映画は観た記憶がある。『フランケンシュタイン』だ。

遺伝学に携わる人間として、この映画は興味深い。DNAの二重らせん構造を初めて発見したジェームズ・ワトソンも、こう述べていた。

『『フランケンシュタイン』ほど、生命の神秘を解き明かすという、恐ろしくも胸躍る科学の姿を捉えて人々の頭に焼きつけた作品は、これ以降出現していないのではないだろうか。そしてまた、神のごとき力を行使することが社会に及ぼす影響に、これほど深く向かい合った作品もないだろう』

一方で、七瀬京一はこの映画を忌み嫌っていた。

「こういった映画があるから、科学に無知な連中が、生物学の革命の入口で通せんぼをするんだよ」

学生時代、京一がそう語ったのを石見崎はよく覚えていた。

七瀬京一は同じ大学の研究室の先輩だった。毎晩、教授が帰宅したのを見計らい、学生たちで安酒を片手に議論に花を咲かせたものだった。最先端の遺伝子工学や政治、国際情勢についてなど、当時を思えば分不相応な事柄を熱く語っていた。

無論、高尚な議題ばかりではない。しばしば議論は教授たちへの愚痴や他学部にいる可愛い女学生について、流行《はや》りの漫画や映画について、はたまた有望な就職先はどこか、などといった話題に移っていった。今の学生たちとさほど違いはない。

そんな中、京一は科学技術の規制については人一倍うるさかった。特にこのころは、遺伝子組み換え技術の是非について市民団体が法的規制の必要性を強く訴えていた最中だった。

「俺たちが悪の科学者『フランケンシュタイン』でないことを証明するために、どれだけの時間とコストを必要とするのか考えたことがあるか？」

京一が赤ら顔で口角泡を飛ばす姿を前に、若かりしころの石見崎は辛抱強く相槌《あいづち》を打ちつづけたものだった。当時は心底うんざりしていたが、今となってはあれもこれもかけがえのない思い出だ。

ふと、悠のことを思った。彼にも、そんな友人や先輩がいれば救いになっただろう。研究室内で飲み会があっても、悠はいつも不参加だった。

——今度、飲みにでも誘ってみるか。

一世代も下の青年を一対一の飲みに誘う胆力など、石見崎は持ち合わせていない。だが、これはおこがましい話かもしれないが、悠の唯一の友人になれる人物がいるとすれば、それは自分だけのような気がした。

そのとき、玄関のチャイムが鳴った。時計に目をやる。まだ朝だ。訪問介護員が誤って来てしまったのかもしれない。もしくは——。

石見崎は立ち上がり、玄関口に小走りで向かった。

「今、開けますから」

ドアノブに手をかけ、それを回した直後だった。石見崎明彦は扉の向こう側から、この場にそぐわない不可思議な音を、確かに耳にした。

——ちゃぽん。

4　七瀬悠／現在

僕は研究棟の二階にある〝放射性炭素年代測定室〟、通称〝年測室〟の前に来た。

年測室とは、その名の通り放射性炭素年代測定をおこなう部屋だ。

放射性炭素年代測定とは、一言で言えば、骨や木片、種子、貝殻など、生物が元になった考古学試料が、どの年代のものかを測定する手法である。

原理はシンプルだ。

すべての動植物は、生きている限り、内部に大気中と同濃度の放射性炭素を取りこんでいる。動植物が死に至ると、体内の放射性炭素は取りこまれなくなり、〝半減期〟に従って減りつづける。半減期とは、放射性物質の数が半分になるまでの期間を指し、これらは物質の種類によって異なる。放射性炭素の半減期は約五七三〇年だ。つまり、測定対象内部の放射性炭素の数がどれだけ減ったのかを数えれば、対象が生命活動を停止してからどれだけの年数が経っているのかがわかる、ということだ。

この大学の年測室では、学内外の研究機関から委託された分析をおこなっている。石見崎研究室も、毎年、予算を取って測定の依頼をしていた。

僕は「失礼します」と言って、ガラス板のはめられた扉を開けた。

その瞬間、爆音が流れこむ。

陽気なバンド・サウンド。壁際のトールボーイ・スピーカーから、色気のある男性ボーカルのしゃがれ声が部屋中に響き渡っている。

部屋はバスケットボールのコートくらいの広さだ。そのうち四分の三ほどのスペースに、メタリックな精密機器や巨大なT字型のタンク、ベンド管などのさまざまな装置や器具を数珠《じゅず》つなぎにした構造物が蛇《へび》のようにくねらせて設置してある。このネズミのアスレチックのような装置が、年代測定のための機械、加速器質量分析装置《Accelerator Mass Spectrometry》、通称〝AMS〟だ。

AMSの隣に、白衣を着た男の後ろ姿を見た。安物のワイヤーハンガーみたいにくたびれた背中だ。タブレット端末で作業をしながら、鳴り響く音楽に合わせ、小刻みにステップを踏んでいる。年測室のスタッフで、特任研究員の糸原だ。

僕は再び声をかけた。が、ボーカルの声量にかき消される。僕はため息をこらえ、糸原の肩をタップした。

糸原が振り返る。僕を見て、身振り手振りで何やら説明しはじめた。だが、聞こえない。僕がスピーカーを指さすと、糸原は納得したようにタブレット端末でスピーカーのボリュームを下げた。

「『タイムマシーンに乗って』だ」

「はい？」

「この曲のタイトル。『ミスター・チルドレン』の隠れた名曲なんだ」

無精髭のあるこけた頬が陽気に歪む。目の下には二日は寝ていないのではないかと思えるほどの隈《くま》がはっきりと現れていた。年齢は聞いた記憶がないが、恐らく三十半ばといったところだ。

「測定の件ですが――」

「おっと礼はいい」

糸原は人差し指を立てて続ける。

「大企業の御曹司に媚《こ》びを売るのは、社会的弱者、もとい、ポスドクである俺の務めだよ」

僕はいつもの糸原劇場を辛抱強く見守ることにした。すると、僕から異変を感じたのか、糸原が言葉を切った。

「感謝を伝えにきたわけじゃない？」

「感謝はしてます。ただ……結果に、納得がいかなくて」

それ以上は言えなかった。

「さっき伝えた以上の話はないぞ。あの骨は二百年前のもの。詳細結果はあとでメールする」

「今、データを見せてもらってもいいですか?」

糸原は釈然としない様子で腰に手を当てた。

「二百年前ってのは想定内だろ?　昨日はそう聞いたが」

「まあ、そうなんですが……」

僕の言い淀む様子に痺れを切らしたのか、糸原は「わかったよ」と頷いてタブレット端末を操作したあと、それを僕に手渡した。

「別に何も隠してないからな。おかしな結果でもなかったし」

タブレットの画面には、折れ線グラフと積み上げ棒グラフが表示されていた。グラフは横軸に年代、縦軸に放射性炭素量が取られている。西暦一八〇〇年ごろのあたりで積み上げ棒グラフがピークとなっている。つまり、人骨は間違いなく二百年前のものであるとわかる。

「本当……ですね」

いったい、どうなっている?

糸原は呆《あき》れたようにため息をついた。

「七瀬、おまえ、大丈夫か?　だいぶ参ってそうな顔してんぞ。石見崎のおっさんにこき使われてんのか」

「まあ、そんなところです」

僕の答えは、糸原からは皮肉めいて見えたのだろう。彼は同情的な失笑を漏らすと、僕の肩に手を置いた。

「まあ、早めに就職して、あの研究室とはおさらばしとけ。ドクターなんてなるもんじゃねえぞ、マジで」

「僕はもう、今年でドクター一年目ですよ」

そう応えると、糸原はわざとらしく憐みの表情を浮かべた。

「D1? あーらら、手遅れだったか。じゃあお陀仏《だぶつ》だな。俺は今、できたてほやほやの死体と話している」

また始まった、と僕は思った。

「俺を見ればわかるだろ。目的意識もなく、いや、あっても、D進なんてするもんじゃないね。ただ、まあ死体の先輩として言わせてもらうと、大学のキャリアセンターの職員たちとは仲よくしとけよ。あと、担当教官以外の教授ともな。研究職って、マジでコネがすべてだから。マジで。でなきゃ、俺みたいに三十代半ばで非正規の安月給、立派な奴隷《どれい》になるからね、確実に」

「肝《きも》に銘じておきますよ」

糸原は日本の博士号取得者の酷遇とミスチルの歌詞の奥深さについて熱弁を振るいながら、机から明細書を取り出した。

検査を委託した際には、依頼者が明細書にサインをする決まりになっている。僕は明細書を受け取って、『試料の種類』や『発掘した場所』、『出土状態』に間違いないことを確認したあと、用紙の一番下にボールペンでサインした。

「それはそうと、ちゃんと寝とけよ。おまえ、冗談抜きに死にそうな顔してるよ」

年測室を出たあと、僕はすぐさま石見崎の携帯に電話した。真実を知っている人間がいるとすれば、石見崎以外に考えられなかった。

しかし、電話は留守番電話サービスに切り替わった。僕はメッセージを残すことなく電話を切る。それから、緊急連絡先として登録してあった石見崎の自宅にある固定電話にかける。だがこちらも留守電に切り替わった。僕は少し迷ったあげく、メッセージを残すことにした。

「先生、話があります。大事な話です。折り返し、電話ください」

今日は午後一番から石見崎の講義がある。普段通りであるなら、昼前には研究室に現れるはずだ——。

しかし、午後一時を過ぎても石見崎は来なかった。電話をしても応答はない。居ても立ってもいられず、石見崎の自宅に向かうことにした。

白衣を脱いで研究室を出ようとすると、ちょうど部屋に入ってきた新橋とすれ違った。

「外出ですか？」

「うん。今日はもう戻らないかもしれない」

「そういえば、昨日のＤＮＡ解析結果って、結局なんだったんです？」

「……案の定さ。僕の解析ミスだったよ」

僕は新橋に別れを告げて、大学を出た。

外は久方ぶりに晴れ間が覗いていた。絹のような雲が青空を覆っている。

石見崎の家は、大学から歩いて十分ほどの距離にある。彼の家には、以前に一度だけ訪れた経験があった。娘の介護のために家を留守にできない石見崎に、学部生たちの期末試験の解答用紙を届けにいったのだ。

記憶を頼りに駆け足で向かう。

閑静な住宅街に入った。平日の昼間だ。人はほとんどいない。真新しく舗装された道を進むと、向こうから人が歩いてきた。僕はその人物に思わず目を見張った。

二メートル近い大男。光沢のあるレザーハットをかぶり、エレガントなチェック柄のベストとネクタイを身に着けている。まるで中高年向けのファッション雑誌から飛び出してきたような出《い》で立ちだが、その右手には服装とは不釣り合いな白のポリタンクがあった。年齢は四十代くらいだろうか。パーマのあてられた黒髪が柔らかな印象を抱かせる。だが、僕が男に注目したのは、その特異な外見からではなかった。

男とのすれ違いざま、その顔をまじまじと見た。紳士が僕の視線に気づく。

「何か？」

男が穏やかな笑みを浮かべて尋ねてきた。

「……いえ、なんでも」

男の容姿に、見覚えがあった。だが、どこで見たのか思い出せない。判然としない既視感だけが、ぼんやりと広がっていく。

紳士は、嫌な顔一つ見せずに悠然と去っていった。

そのまま道を進んでいくと、記憶にあるオーソドックスなクラシックスタイルの住居が見えてきた。ここだ。

チャイムを鳴らしたが、応答はなかった。仕方なく門をくぐり、玄関のドアノブに手をかけてみる。鍵は開いていた。

「石見崎先生、七瀬です」

返事はなかった。しんとしている。人のいる気配もない。

「上がりますよ」

玄関口で靴を脱ぐ。ふとそのとき、上がり框《かまち》で細い糸のような何かを見つけた。手に取ってみる。髪の毛だ。長く、銀色をしている。

それを再び床に落とすのも忍びなく、銀髪をジーンズのポケットにしまって、廊下に上がった。

右手にある引き戸を開ける。戸の先はリビングだった。誰もいない。そこには大手家具量販店で揃《そろ》えたであろう三人がけのカウチソファにダイニングテーブル、遮光カーテンに食器棚があるくらいだ。ソファの前には一昔前のプラズマテレビ、その横には埃で白んだ人工の観葉植物が置かれている。部屋の奥には控えめな大きさのアイランドキッチン。左手には二階へ続く吹き抜けの階段がある。

いたって平凡な、ホームドラマのセットに採用できそうなリビングだ。しかし、ダイニングテーブルに置かれた椅子が一つだけであったり、その下には滑り止めのバリアフリーマットが敷かれていたり、部屋の広さに対してスペースが大きく取られていたりと、レイアウトの端々に車椅子での生活者がいる痕跡が見受けられる。娘の真理のためだろう。

石見崎は、真理と二人暮らしだと聞いた。妻とはかなり以前に離婚したそうだ。父と娘の二人暮らし。娘は重い障がいを持っている。その割には家が広すぎるようにも思う。

廊下に戻る。リビングの反対側の扉はトイレだった。隣は恐らくバスルームだろう。

廊下の突き当たりに扉があった。

あれは、なんの部屋だ？

僕は扉の前に立った。なぜだか、嫌な予感がした。

ドアノブに手をかけ、ゆっくりと回す。

扉の隙間から顔を覗かせる。六畳ほどの書斎だった。中央にはアンティーク調のテーブルが置かれ、その上にはパソコンのディスプレイとプリントの束がある。壁際には遺伝学に関連した書籍の詰まった本棚と、木目調のクローゼット、レコードプレーヤーがあった。

誰もいないのは、間違いない。不思議とホッとしつつ、書斎に足を踏み入れた。見る限り、部屋の様子に異変はない。

僕はもう一度、石見崎に電話をかけてみることにした。

すると、すぐ背後から着信音が聞こえた。

慌てて振り返る。着信音の出処は、クローゼットからだった。

恐る恐る、僕はクローゼットを開けた。

中には、石見崎がいた。

声を上げる間もなく、その体が倒れこんできた。よけようとした拍子に足がもつれる。尻餅《しりもち》をついた。

ごんっと重い音を響かせ、石見崎は額から床に倒れた。顔を覗き見る。

その鼻と口からは、真っ赤な血の泡が溢れでていた。そして彼の優しかった眼差しは、今、苦痛と恐怖で凍りついていた。

5　七瀬京一／現在

「石見崎が……殺された？」

夜十時を過ぎたころだった。七瀬京一が仕事を終え、自分の車が停めてある会社の地下駐車場に降りたとき、その電話は鳴った。

その一報は、強烈なボディブローそのものだった。

〈本日のことです。犯人は恐らく……〉

「……〝牛尾〟か」

〈まだ捜査中の段階ではありますが、その、拷問《ごうもん》を受けたような跡もありまして〉

京一の周囲の景色が、とたんに収縮しはじめたような、そんな圧迫感に襲われる。

「……あれを、止められないのか」

電話の声は黙りこんだ。

京一はわかっていた。その判断をするのは、自分の役目であると。

〈我々〝樹木の会〟としましても……〉

「いい。また何かわかったら連絡を」

京一は電話を切った。

生贄《いけにえ》を差し出すしかない。京一はそう思った。

そのとき、突然、車の陰からフラッシュを浴びた。振り返ると、男が一眼レフのカメラを構えて立っていた。見覚えのない顔だ。

「誰だ」

京一が尋ねると、男が黄色い歯を見せてこちらに歩み寄ってきた。

「夜分遅くにすみません。私、雑誌記者をしておりまして」

そう言って差し出された名刺には、フリージャーナリストの小野寺洋一《おのでらよういち》と書かれていた。名刺は受け取らなかった。

「少し、お話をうかがえないでしょうかね」

京一は無視して自分の車に向かった。すると、雑誌記者が卑屈な笑みを見せて回りこんできた。

「ご帰宅がこれだけ遅くなられたのは、やはり、中国の〝新明阿《しんめいあ》〟からの買収対策ですか？」

京一は男をよけた。

「大変ですよねぇ、日江製薬さん。でも、近年の経営状況を見ると、いっそ買われてしまったほうがいいという声も聞こえてくるんですよ。そこのところ、七瀬さんとしましてはどうお考えなんでしょうか？」

「失《う》せろ」

京一は記者を睨《にら》みつけた。だが、そんな扱いには慣れているのか、男は媚びた笑みを一時も絶やすことはなかった。

「それとも、今抱えている問題は宗教団体、樹木の会のほうですか？」

京一は思わず足を止めた。

「何？」

「あなたの亡き御父上……日江製薬前会長の七瀬弓彦《ゆみひこ》と、樹木の会の教祖である真鍋《まなべ》宗次郎《そうじろう》は肝胆相照らす仲だった。今もその関係に頭を悩まされているのでは？　あのカルト宗教の尻拭いをするのは、ずいぶんと大変でしょう」

京一は男の顔をじっくりと見た。弛《たる》んだ頬。襟ぐりのよれたTシャツに、漂うヤニ臭。一言でいえば、品のない男だった。

京一は少し考えてから言った。

「感心したよ。随分とうちの会社を調べているんだな。失礼、お名前はなんと言ったかな？」

「小野寺です」

小野寺は毛虫のような眉毛をくねらせ、髭剃《そ》り跡の残る頬を卑屈に吊り上げた。

京一は手を差し出した。

「なんでしょう」

「名刺だよ。くれないか？」

小野寺は驚いたように目をしばたたかせた。

「お話をうかがえる、という認識でよろしいんですかね？」

雑誌記者は釈然としない様子で、京一に名刺を手渡した。

「いずれな。今はだめだ。もう遅い。時間を見つけて、こちらから連絡する」

小野寺に卑屈な笑みが戻った。

「約束ですよ」

小野寺に見送られながら、京一は車に乗った。エンジンをかける前に、先ほどの電話の相手にコールする。

「私だ」

京一は、受け取った名刺を手で弄びながら、続けた。

「あの怪物に、それとなく流してほしい情報がある」

生贄が見つかった。

6 七瀬悠／現在

石見崎明彦の葬儀の日程は未定のままだった。警察での検死に時間を要しているらしい。

石見崎の死を目撃して以降、僕はずっと自宅——大学近くのアパートだ——に閉じこもっていた。この三日間は、食事が喉を通らなかった。混乱の渦の中、あの光景が何度もフラッシュバックし、便器に向かって嘔吐しては、睡眠薬を飲んで無理やり眠りにつく。そんな生活が続いていた。

四日目の今日になり、ようやく人と言葉を交わすこととなった。刑事が供述調書を取りにきたのだ。

「お手間を取らせてすみません」

相手は黛良子《まゆずみりようこ》という女刑事だった。年齢は三十過ぎくらいだろうか。黒く長い髪を後ろに束ね、すらっとした体つきをしている。理知的で凛とした顔つきだ。遺体発見後に僕を聴取したのも彼女だった。だが、なぜわざわざ家まで来たのだろう。しかもひとりで。黛刑事に何か不穏なものを感じるのは被害妄想だろうか。

そんな疑念を振り払い、僕は曖昧《あいまい》な記憶を頼りに、可能な限り詳細に説明した。ただ、すべてを語ったわけではなかった。

ループクンドの人骨。あの二百年前の人骨のＤＮＡが紫陽のものと一致した件は伏せていた。こんな荒唐無稽《こうとうむけい》な話をすれば、僕の精神状態が疑われかねない。

「本日は以上です。ご協力感謝します」

黛刑事はそう言ったにもかかわらず、座布団から立ち上がろうとしなかった。

「まだ何か？」

「……伝えるべきか迷っていたのですが、実はあの事件が起きた翌朝、あなたの所属する研究室に何者かが押し入った形跡が見つかったんです」

予想外の言葉に、僕はたじろいだ。

「通報したのは、新橋さんというあなたの後輩」

「その、何か盗まれたんですか？」

「骨です」

「えっ？」

「あなたの研究室にあった……古人骨と呼ぶのですかね。そのすべてがなくなっていました。棚に置かれた標本の骸骨に至るまで」

一瞬、絶句した。やがて、僕はうわずった声で訊《き》いた。

「骨以外は？」

「ＤＮＡサンプルも一緒になくなっていました。奇妙なことに、高価な実験装置は全部そのままだったのです」

頭が痛くなった。それはつまり、ループクンドの人骨と紫陽のＤＮＡサンプル、そのどちらとも失ったということだ。

「被害にあったのは、石見崎さんが亡くなられた日の夜だと見られています。警察としては、石見崎さんの殺害になんらかの関連があったものとして捜査しています。犯人に心当たりはありませんか？」

「まったく、ありません」

黛は落胆した様子も見せずに頷いた。

「私も、保管してあった人骨がほかの何かしらの事件につながるもので、その証拠隠滅を図った線も考えたのですが……どうやら、盗まれたものはどれも二百年前とか三百年前のものばかりらしくて。歴史的価値があるものでもないんですよね？」

「価値をどう捉えるかですが……少なくとも売り物にはなりませんね」

「新橋さんも、同じように答えていました」

「その、犯人の目星は？　防犯カメラに写っていたりは？」

僕が尋ねると、黛は返答に困る様子を見せた。

「本当は捜査状況を口にしてはいけない決まりなんですが……実のところ、手がかりがまったくない状況です。もともと防犯対策も緩いところはありましたが、カメラの映像や指紋など、一切残っていませんでした」

「……そうですか」

「何かわかったら、またご連絡します」

7　平間《ひらま》孝之《たかゆき》／現在

「何度言ったらわかんだ？　うちの誌面は、てめえのクッソどうでもいい感想を述べる場じゃねえんだよ！　ポアすんぞ、ポア」

平間孝之の怒号が、『東邦《とうほう》ジャーナル』編集部中に響き渡る。編集者たちはキーボードを叩きながら顔を見合わせた。――まただよ。

「ポ、ポア？」

若い編集記者が、困惑した様子で平間の顔をうかがう。

くそ、落ち着け。怒るな。平間は自分に言い聞かせる。令和の時代じゃ、この腑抜《ふ》けが若者のスタンダードなんだ。

平間は呼吸を整え、苦笑いを浮かべる。

「ああ、悪いな。今時の子じゃわからんのね。まあ、樹木の会の記事を書きたいなら、ほかのカルト宗教の知識も頭に入れておいたほうがいい」

すいません、と若者は小さく頭を下げた。

日本有数の新興宗教団体、樹木の会。戦後の混乱期に、のちの初代教祖となる真鍋宗次郎が立ち上げた団体だ。目の前の若者には、その霊感商法の手口についての記事を任せていた。真新しい話ではない。が、哀れな被害者家族の姿に触れることで魂が潤《うるお》う庶民はいつの時代も一定数いる。加えて被害者も多く、取材も断られにくい。若手にちょうどいいネタだと思ったのだが。

「とにかく、記事に必要なのは関係者の証言だ。おまえの想像や考察は一文字もいらない。週刊誌記者の仕事は、関係者の言葉を世に広めることなんだよ」

若者は必要以上のまばたきを繰り返しながら、もう一度小さく頭を下げた。

本当にわかってんのか？

「とにかく、取材が足りねえ。足を使え。わかったな？」

平間がそう念を押すと、若者はうつむきながら自席に戻った。

「おい、平間」

編集長が二重顎《あご》の乗ったしかめっ面で、自分の机に来るよう合図した。

「なんでしょう」

「今、令和だぞ」

「頼むから抑えてくれよ。また若手が辞めたら、俺の立場も危うくなるんだよ」

——二十年前に吸い殻入りの灰皿をこめかみに投げつけてきた張本人がよく言うわ。

「わかりましたよ」

「はあ」

平間は編集部を見渡す。今ではもう、未読の原稿の山も、栄養ドリンクの空瓶も、霧のように漂う煙草《たばこ》の煙も、酸っぱいコーヒーの臭いも、上司たちの怒号もない。鎬《しのぎ》を削る同僚の姿も消えた。

あるのは静かで澄んだ空気と笑い声、机の上には薄っぺらいノートパソコンがあるのみ。それとコンプライアンス。

ハロー、クソ令和。

平間は自席に戻った。再びパソコンのディスプレイと向き合う。そこにはデスクとしての仕事——部下の書いた駄文のチェックや、各地を飛び回る記者たちのスケジュール管理など——が詰まっていた。

退屈だった。後悔もしていた。十年以上も前にフリーに転身した同僚の誘いに乗っていれば、あのころの刺激的な毎日を今も送れていたかもしれない。

そう思った矢先だった。

ポケットで携帯電話が震えた。社用携帯ではなく、私用のほうだ。

画面を見る。『小野寺洋一』と表示されていた。なんとタイムリーな。そう驚きつつ電話に出る。

「よう、久しぶりだ――」

〈助けてくれ〉

旧友のただならぬ声色に平間は面食らう。

「おい、どうした？」

部下たちの視線を感じた。平間は声を抑える。

「何かあったのか？」

〈とにかく、直接会って話したい。今、おまえの会社の前にいるんだ。ほら、いつものカフェだ〉

「わかった、ちょっと待ってろ」

平間は足早に会社を出た。そのカフェは大通りを挟んだ向かいにある。歩道橋を渡った先だ。そこは情報提供者への取材の場所としても重宝していた。

店内に入り、小野寺を探した。テーブル席に座る中年の男が手を挙げた。小野寺だ。

「悪かったな。急に呼び出して」

そう話す小野寺の目は虚《うつ》ろで、ひどく憔悴《しょうすい》した様子だった。平間の知る、狡猾《こうかつ》さと強《したた》かさを併《あわ》せ持つ面持ちはすっかり消えていた。

「どうしたんだよ、いったい」

「ちっとばかし、やばいネタに手を出しちまったみたいでよ」

机に置かれた小野寺の手が小刻みに震えている。平間は無理やり笑顔を作った。

「やばいネタなら大歓迎じゃねえか。おまえがビビるなんて、らしくねえな」

「命を、狙われてるんだ」

小野寺は消え入りそうな声でそうつぶやいた。

「誰に？」

「……牛尾」

「は？」

「牛革の帽子をかぶった男だ。あいつは、そう名乗った」

平間は困惑した。こんな仕事をしていれば、誰かから脅しをかけられるなど日常茶飯事《さはんじ》だ。百戦錬磨の小野寺にとっては屁《へ》でもないだろう。なのに、この怯えようはなんだ？　薬物にでも手を出したのではないか。むしろそんな不安が頭をよぎる。

「反社か？」

小野寺はかぶりを振った。

「そんなんじゃない。もっと……やばい」

「脅されてんのか？」

小野寺は口をつぐんだ。

まったく、こいつのこんなへっぽこな姿は見たくなかった。かつては東邦ジャーナルのエースと呼ばれ、数々のスキャンダルを暴いた男が、なんてざまだ。

「とりあえず、なんか食えよ」

小野寺は何も注文していないようだったので、平間はコーヒーとサンドイッチを頼んだ。

「羽振り、よさそうだな」

小野寺は卑屈な笑みを浮かべた。

「金ピカのデイトナなんかはめちまってよ」

「半分は投資さ。ロレは値崩れしないから」

確かに、平間の給料は悪くなかった。妻とは別れ、現在は独り身ということもある。そういった点では、会社に残りつづけた選択も間違いではない。ただ、刺激のない毎日を金で誤魔化す自分に嫌気が差しているのは事実だ。

注文した品が運ばれてくる。が、小野寺はコーヒーにもサンドイッチにもまったく口をつけなかった。

平間は椅子に腰を据え直す。

「で、何を探ってたんだ？」

平間が尋ねると、小野寺はジーンズのポケットからUSBメモリを取り出した。

「おまえにやる。まだ整理できていないが、俺のこれまでの取材情報がぜんぶ入ってる。好きに使っていい。手柄もおまえのもんだ」

平間は小野寺の顔を見返した。

「どういう風の吹き回しだ？」

「代わりと言っちゃなんだが……おまえの上司に口利きして、俺を出戻りさせてくれないか？」

おいおい。

「『雇われじゃ名を残せない』とか言って飛び出した気概はどこへ行ったんだ？」

「命には代えられねえよ。俺みたいなフリーは、常に危険と隣り合わせなんだ」

「今さら何言ってんだ」

「わかってる。だが、今は会社に守ってほしいんだ」

「警察に相談しろよ」

「できるか！」

小野寺は机を勢いよく殴った。店内が静まり返る。

「……悪い。だけど、わかるだろ？　樹木の会の人間は、そこらじゅうにいる。警察内部にも……」

「樹木の会？　ネタっていうのは〝樹木〟についてか？」

小野寺は怯えたように周囲を見回し、そそくさと立ち上がった。

「いいな？　編集長に頼んでくれよ」

平間の制止も聞かず、小野寺は足早に店を出ていった。

いったい、なんだってんだ？

8　七瀬悠／現在

棺の中の石見崎教授は、九日前に見たときと異なり安らかに眠っていた。

死化粧された恩師の顔を、僕はしばらくのあいだ眺めていた。あの日の恐怖の記憶は、次第に深い悲しみと怒りに上書きされていった。

——誰が、先生をこんな目に遭《あ》わせた？

石見崎がいなければ、今の僕は存在しなかった。彼が手を差し伸べてくれなければ、僕は自ら死を選んでいただろう。

人に恨《うら》まれる性格でもない。ルーズで調子のいいところもあったが、それも彼の魅力だった。そんな先生を、いったい誰が。

疑問はもう一つあった。ループクンドの人骨。

あれはいったい、なんだったんだ？　あの骨は紫陽のもの？　二百年前のインドの湖に、紫陽がタイムスリップしたとでもいうのか？　ばかげた妄想だ。

しかも、それらは先生が死んですぐに盗まれたという。あの骨が、先生の死に関係しているのか？

考えれば考えるほど、これが現実とは思えなかった。まるで悪夢だ。死装束の石見崎が棺から『ドッキリ大成功』と書かれた看板を掲げるほうが、まだ現実的に思える。

ふと、どこからかひそひそと話し声が聞こえてきた。

「――ねえ、娘の真理ちゃんは？」

「――そういえば、見ないわね」

「――『そういえば』って……心配じゃないの？」

「――そう言われてもねぇ……。あなたこそ――」

僕の視線に気づくと、石見崎の親類と見られる二人の女性の会話がピタリとやんだ。僕は彼女たちに会釈《えしゃく》をして、斎場を出た。

わずかな電灯に照らされた駐車場で、影が動いた。見ると、黒塗りの車に乗りこもうとする京一とその側近がいた。

不意に、石見崎が紫陽の葬式の帰りに発した言葉が蘇《よみがえ》った。

――昔の縁でね。二十四年前に僕が取り上げたものなんだ。京一さんと一緒にね。

「京一さん！」

京一は僕に気づくと、少し躊躇《ちゅうちょ》した表情を見せたあと、車から出た。

「悠くん。このたびは、とても残念だった。警察からは、きみが最初の発見者だと――」

「あなたに話があります。紫陽のことで」

京一は厄介そうに首を振った。

「またそれか」

「実の娘の名前を出されるのが、そんなに厭《いと》わしいのですか？」

「また私に文句を言いにきたのか？　それも、私の大切な後輩の通夜の日に」

「言い争うつもりはありません。ただ、訊きたいことがある。ループクンド湖についてです。知っていますか？」

僕の質問に、京一は面食らった表情を見せた。

「もちろんだ。以前、調査で訪れたことがある。石見崎とともに。だが、いったいどうし――」

「そのときに発掘された人骨のＤＮＡが、紫陽のものと一致しました。それも、二百年前のものとです」

「……そんな話を信じろと？」

「僕だって信じられない。でも、何か、得体の知れない力が働いているのは間違いないんです。僕がそれについて石見崎先生に問いただそうとしたところ、先生は何者かに殺された」

「なら、その骨をよこしなさい。うちの会社の研究所に再鑑定させよう」

「骨はもうありません。盗まれました。先生が殺されて間もなく」

京一の表情に憐みと呆れの色が浮かんだ。

「……最近、古川《ふるかわ》先生のところには通っているのか?」

見当違いの言葉に、僕は言葉を失った。

「古川先生? 何を言ってるんだ? 今はそんな話――」

「彼女は優秀な精神科医だ。きみの相談にも親身になってくれる」

「必要ありません。僕は病気じゃないんだから」

「きみには助けが必要なんだ」

「僕の質問に答えてください。あなたたちはいったい、ループクンドで何をしたんだ?」

「薬はちゃんと飲んでいるのか?」

話にならない。僕は財布から錠剤を一錠取り出し、口の中に放り投げ、そのまま義父の目の前で嚙《か》み砕いた。

「これで満足ですか？」

「……私と話がしたければ、まずはカウンセリングを受けてくれ。私には、今の状態のきみと建設的な議論ができる自信がない。私の言葉の何がきみを刺激するのか、わかったもんじゃない」

京一はそう言って、車の後部座席のドアを開けた。

「まだ、話は終わってません」

「まずは、カウンセリングを、受けろ」

京一はそう言い捨てると、側近の男に車を出すよう指示した。車はテールランプを薄闇に引きずりながら去っていった。

腹の底から怒りが湧き上がる。僕は駐車場に立ちつくした。

噛み砕いた錠剤と六月の生暖かい夜風が、僕のオーバーヒートした頭を次第に冷ましていく。ようやく足を動かすことができるようになった。そんなときだった。

「今夜はハンマーを持参しなかったようですね」

とっさに振り返る。錆びついた電灯の薄明かりの下に、人影があった。

「誰？」

見ると、そこには小柄な少女が立っていた。喪服を身にまとい、大きめの黒縁眼鏡《めがね》をかけている。

「七瀬悠さんですよね?」

少女は微笑むと、肩まで伸ばした栗色の髪を揺らしながら、静かに僕に歩み寄った。

「聞いていた通り、笑顔の一つでもあれば完璧な人」

澄んだ月の光を思わせる白い肌と、闇夜を映す漆黒《しっこく》の瞳が、僕を見上げた。

「えが……何?」

「スマイルですよ、スマイル」

少女は僕の両頰にそっと人差し指を当てた。僕は一歩下がってそれをよけた。

「きみは、えっと、どちら様?」

「申し遅れました。私、石見崎唯《ゆい》と申します」

「石見崎……? きみは先生の――」

「姪《めい》です。叔父がいつもお世話になっております」

僕は改めて彼女の顔を観察した。華奢《きゃしゃ》な体で、首もほっそりしている。目はくりっとしていて、幼い印象を抱かせる。歳は十代後半くらいだろうか。いずれにせよ、石見崎とは似ても似つかない。

「……それは、このたびは――」

「お悔やみが欲しかったわけじゃありません」

唯は手を振って僕の言葉を切った。

「あの人の死は悔やんでも悔やみきれない、でしょう？」

僕は頷いた。

「じゃあ、僕に何か用が？」

僕が尋ねると、唯は僕のネクタイを摘《つま》んだ。

「その前に、座りましょう」

唯は駐車場の区画を仕切るアーチスタンドまで僕を引っ張り、そこに腰かけた。仕方なく、僕もその隣に座った。

唯は夜空を見上げ、小さく息を吸って切り出した。

「叔父の死について、おうかがいしたいことがあります」

「僕に？」

「ええ」

「残念だけど、僕は何も知らないよ。確かに、石見崎先生を見つけたのは僕だけど――」

「それだけじゃ、ないでしょう」

「えっ？」

「あなたは、叔父に留守電を残していた」

唯は探るような目を僕に向けた。

「それが、どうかしたの？　きみがどこまで僕のことを知っているのかわからないけど……僕は石見崎先生の教え子でね」

「もちろん、知っています。叔父から、あなたの話は聞いていましたから」

「だったら、その僕が先生に伝言を残すのは、何もおかしくないだろ？」

「いいえ、おかしいです」

唯はきっぱりと言った。

「私はついこのあいだまで家族同然で叔父と一緒に生活していましたし、最近だって、叔父の家にしょっちゅう泊まったりもしていました。でも、七瀬さんが叔父の家の固定電話にかけてきたことも、自宅を訪ねてきたことも、過去になかったと記憶しています」

彼女の話は、ほとんど的を射ていた。厳密にいえば、石見崎教授の家に訪問したことは一度だけあった。が、イレギュラーであることには違いない。

「あの日、七瀬さんはどうして叔父に会いにいったのですか？」

「きみの叔父さんが、授業に現れなかったからだよ」

黛刑事に話した内容を繰り返す。

「じゃあ、午前中に二度も電話をしたのは？」

「研究について、相談したいことがあったんだ」

これも調書通り。

「あんな早朝に?」

「徹夜明けの報告なんて日常茶飯事だよ」

「家の電話にかけることも?」

「それは――」

「それに、留守電の『大事な話』というのは?」

僕は両の掌《てのひら》を見せて、彼女に降参のポーズを示した。

「どうやら、きみは僕を、叔父さんを殺した犯人として疑っているようだね」

「殺したんですか?」

唯は、ずいと僕に体を詰めてきた。

「いいや。ただ、そう詰め寄られると答えられるものも答えられない」

彼女は身を引いた。

「では、どうぞ」

唯に促され、僕は調書内容をリフレインした。

「先生に、個人的な相談がしたかったんだよ」

「個人的な相談とは?」

この子は遠慮というものを知らないらしい。

「このごろ、研究がつらくてね、大学を辞めようかと悩んでいたんだ。前々から先生には相談していたんだけど、徹夜明けのあの日、ようやく博士課程を中退することを決意したんだ。あの電話は、先生にその旨《むね》を――」

「嘘《うそ》ですね」

唯が再び顔を寄せる。

「叔父はよく言っていましたよ。あなたは決して、他人に心の内を曝《さら》け出さないと。『悩みの一つでも打ち明けてほしい』とこぼしていましたから」

その言葉に、胸の奥が締めつけられた。

「警察は騙《だま》せても、私には通用しません」

唯のしつこい視線を振り払うように、僕は首を横に振った。いい兆候じゃない。

「いいんじゃないか。きみがどう思うかは勝手だ」

「ねえ、七瀬さん。私は自分が納得できるだけの説明をしてほしいだけなんですよ。叔父の亡くなった日に、あなたが電話をして、そのあとに家を訪れた理由を」

唯の表情は落ち着いていた。が、そのレンズ越しの眼を覗くと、強い決意が感じられる。先ほどからの彼女の振る舞いに面食らっていたが、それは切実さの裏返しなのかもしれない。

「今話した内容がすべてだよ。それに――」

唯が反論しようとするのを手で制しつつ、僕は続ける。

「仮に真の理由があったとしても、僕がそれをきみに打ち明ける筋合いはない」

唯は口をぽかんと開けた。

「やっぱり、嘘なんですね」

「言ったところで、きみは信じないよ」

「それは私が判断します」

「とにかく、僕は犯人じゃない。犯人捜しは警察に任せておきなよ。探偵ごっこなんて、現実にやるもんじゃない」

僕は立ち上がって、半ば逃げるように駐車場の出口に向かった。

「待ってください」

僕は唯の呼びかけを無視した。僕は僕で、彼女に構っている余裕はない。

「お願いです。話を聞いてください」

構わず歩きつづける。

「……真理ちゃんが、いないんです！」

思わず足を止め、振り返った。

「真理……？　真理って、石見崎先生の娘さんの？　あの、車椅子の……」

「そうです。彼女を知ってるんですね」

「一度、会ったことがある」

あれは昨年の十一月ごろだっただろうか。実家に、高校生のころに着ていたダウンジャケットを取りに帰ったときだった。僕の実家は山城のすぐ近くにある。その日は車を整備に出していたため、電車で帰省した。駅から実家に歩いて向かうには山城の麓にある広場を通り抜けるルートが近道なのだが、その際に彼女と、彼女の車椅子を押す石見崎教授にばったり出くわしたのだった。

「娘の……真理だ」

石見崎はバツの悪そうな表情で、車椅子に座る少女を紹介した。石見崎曰く、会社員時代に過ごしていた日江市の町並みを娘に見せていたらしい。僕は石見崎のいたたまれない様子を察し、挨拶程度でその場を切り上げた。

僕は普段、知的障がいを持つ人たちを見ても何も思わない。小学校の同級生にも程度の差はあれそういう子はいたし、それも個性の一つだと考えている。見るからに親からの愛情を一身に受けている姿——むしろそれがほとんどのように思える——を見れば、この僕ですら心が温まるし、あるいは羨《うらや》ましく感じたりもする。

だが、石見崎の娘の場合は違った。僕の記憶には、妙に彼女の姿が焼きついていた。空虚な瞳。干上がった沼のような肌。だらりと垂れ下がった舌。苦痛に歪んだ表情。あのとき、僕は反射的に彼女から目を逸《そ》らしてしまった。そのときの自己嫌悪が、今もまだ胸に残っている。

「叔父が死んでから、真理ちゃんが見つからないんです。一人でどこかに行けるはずないのに」

そう訴える唯の眼差しは、もはやその切実さを隠しきれていなかった。

「警察には相談したの？」

「もちろんです。でも、相手にしてくれませんでした。言葉にはしませんでしたけど、きっと四六時中介護を必要とする女の子を誘拐しても、って思ってるんですよ」

「石見崎先生は、確か離婚されていたよね。ほかの親族の方はなんて言っている？」

「みんな、気づかない振りをしています。誰も、彼女の面倒を見たくないんですよ。……でも、私は違います」

「きみは、真理さんがさらわれたと？」

「そのはずです。理由はわかりませんけど……。だから、犯人の手がかりが欲しい。あなたが犯人でないなら、私に協力してほしいんです」

「どうして、僕が？」

「あなたも、大切な人を捜している」

唯は僕に人差し指を向けてそう言った。

「確か、紫陽さん、でしたっけ」

駐車場を出ていく車のヘッドライトが、僕たち二人を撫でていった。黒縁眼鏡のレンズ越しに挑戦的な眼が光る。

「どうして、その名を？」

「さきほど、盗み聞きしちゃいまして」

唯はニヤリと笑って続ける。

「その女性について叔父は何か知っていた。でも、あなたが問いただそうとしたところ、叔父は……殺されていた。でしょう？」

僕は何も言わず、肩をすくめた。彼女はそれを肯定と捉えたようだった。

「私なら、叔父の秘密を探る役に立てます。叔父のことを知る数少ない人間の一人として」

「お互いの目的のために協力し合う、ってこと？」

「無論です」

唯は僕の鼻先まで顔を近づけた。

「『〝協力〟はヒトが備えた強大な能力であり、ヒトが地球上で生き延びるだけでなく、ほぼあらゆる環境で繁栄してきた理由でもある』」

「え？」

「進化生物学者、ニコラ・ライハニの言葉です」

唯はそう言ってウインクをした。

「知的な人の言葉を借りれば、賢く見えるでしょう?」

第三章

1　七瀬悠／九年前

僕の故郷に、僕の居場所はなかった。

その町で僕たち母子を知らない住民はいなかった。当然だ。その町のあらゆる住居という住居に、母は何度もチャイムを鳴らし、ドアを強くノックしたのだから。

母は熱心な樹木の会の信者だった。幼い僕の手を引き、勧誘に明け暮れた。子連れであればうまくいくと考えていたのだろう。実際、インターホンのある家では僕がカメラに写るように立たされた。そうすれば心配した住人が出てきやすく、僕が手渡す冊子も断られづらかった。その冊子は、今も目に焼きついている。表紙に掲載される写真は月ごとに差し変わるが、構図はいつも同じだ。巨大な樹木と、それを背景に立つ教祖——真鍋宗次郎。団体設立当初の、若かりしころの写真だという。

勧誘に出かけると、僕はよく泣いた。アスファルトの上を歩きすぎて、ふくらはぎが痛かった。それに、怖かった。住民たちの冷たい視線が。

母が躊躇なくチャイムを鳴らすとき、無遠慮に扉を叩くとき、僕はその家の住人が留守であることを願う。舌打ちの音、怒鳴り声、勢いよく扉を閉める音。今でもよく覚えている。

「大丈夫よ。導師はいつもあなたの頑張りを見てくださっているから」

それが母の口癖だった。

小学校に入学したあとも、僕は駆り出された。学校でできた友達の家に遊びにいくと、その子の親から、よく嫌悪の眼差しを向けられたものだった。

学年をまたぐたびに、友人は減っていった。いじめのような嫌がらせも、あるにはあった。ノートに落書きされていたり、机の上に白い花を挿した花瓶を置かれていたり。でも、ほとんどは距離を置かれるだけだった。無視されるわけでもない。ただ、親たちから僕と関わることを禁じられていたのだろう。

中学に上がるころには、僕が母の布教活動に連れていかれることはなくなった。が、すでに僕はクラスで孤立していた。誰も僕に話しかけることはない。教室の自席で、澄ました顔を保ちながら日々を送るのが得意になっていた。でも、いつまでたっても孤独に慣れることはなかった。

代わりに、孤独を紛らわせるすべを得ていた。

そこは、駅近くの雑居ビルの中にあった。怪しげな古物店とさびれた美容室のあいだに挟まれ、誰に主張するでもなく、ひっそりとたたずんでいた。

ミニシアター『よひら座』。昭和の面影が残る雨染みのコンクリート壁と色褪せたネオン看板。過去の名作から流行りのハリウッド映画まで、不定期に上映していた。

下校途中に通りの隙間から見つけたその場所に、なぜだか不思議と惹かれていた。名画のポスターが何枚も貼られ、中の様子をうかがい知れないガラス扉。そんな排他的な外観が、異世界への入口に思えたのかもしれない。

その映画館に初めて足を踏み入れたときの記憶は、決して忘れることはない。勇気を振り絞り、祖母からもらったお小遣いを握りしめ、一人でガラス扉を開けた日のことを。流れこんでくるタバコとコーヒーとポップコーンの匂いも、チケット売り場のお爺さんの顔の皺の数まで、ぜんぶ覚えている。

上映までの、あのそわそわとした時間。劇場の重い扉を開け、深々と座席に座ったとき、僕は初めて一人の人間として認められた気がした。

そのとき観た映画は『ガタカ』だった。近未来、遺伝子の優劣で社会的地位が決定されるディストピアで、劣等な遺伝子を持つ主人公が宇宙飛行士を目指すというストーリーだ。

その日から、よひら座は僕にとって世間からの避難所になった。

毎週水曜の放課後、僕は世間の目から逃れるようにそこに逃げこんだ。中学生料金は五百円。僕の境遇に同情していた今は亡き祖母は、嫌な顔一つせずにお小遣いをくれた。

五十席ほどの小さな劇場だった。観客はほとんどいない。それがよかった。四・三×一・八平方メートルの切り取られた世界に魅入られた。そのスクリーンに映るすべては、あたかも自分自身の実体験として、僕の人生として積み上がっていった。

それが幻に過ぎないものだと気づいたのは、よひら座が閉館するという知らせを受けたときだった。近所のショッピングモールにシネコンができて以来、経営状況は厳しく、館長も高齢となったための決断だという。通いはじめてから、三年後のことだった。

必然的に、僕の日常は再び閉ざされた。

「その映画館が、ここにあったんだね」

夕闇の迫る人気《ひとけ》のない通りで、僕と紫陽は、よひら座の跡地の前にいた。今も建物はそのままだ。

紫陽と出会ってから一か月と少しが過ぎたころの七月半ば、夏休みが目前のときだった。聞こえてくるのは、蟬《せみ》の声と通過する電車の音だけ。

僕は高校からの下校途中で、紫陽を自転車の後ろに乗せていた。

紫陽は駅まで学校帰りの僕を迎えにきてくれる。ほとんど毎日だ。改札前のベンチで本を読みながら、決まって僕を待っていた。

理由を聞いたら、『誰かを待つって、案外幸せなことだって気づいたの』と彼女は応えた。『今まで誰かを待つことも、待たせたこともなかったから』。紫陽はそう付け加えた。

その日、彼女は半袖のパーカーを羽織っていた。

紫陽は十四歳だった。でも、これまで一度も学校に通ったことはないと言う。〝健康上の理由〟だと、父親である京一は説明していた。確かに、紫陽はときおり過眠症とも言えるくらいよく眠るし、週に一度は京一に連れられて病院に通っていた。だが、彼女の具体的な病名は伏せられていた。聞いたところで、いつもはぐらかされる。おざなりに口角を上げただけの彼女お得意のスマイルだ。

「唯一、一人きりになれる場所だったんだ」

僕は言った。

「悠くんは、一人が好きだよね」

紫陽が僕の目を覗きこむ。茶色の大きな瞳に、夕焼けの欠片《かけら》がチラチラと舞っている。彼女に見つめられるたびに、僕の顔は熱くなった。動悸《どうき》もセットだ。

「……誰かといても嫌な思いをするだけだし」

「そう」

これまでの人生で学んだ確かな事実を口にしただけだ。それなのに、紫陽のすんとした面持ちを見ると、なぜだか後ろめたい気持ちになった。

「映画なら、ＤＶＤでも借りて家で観るのじゃだめなの？」

「あんな小さなテレビで観る映画なんて映画じゃない。それに、母さんが許さない。映画とかドラマとか、そういうのは〝樹木〟の教えに反するんだってさ」

「じゃあ、寂しいね」

「もういいんだ、別に」

風がそっと通りを撫でた。紫陽の長い髪が揺れ、シナモンの香りが漂った。遠くのほうから、踏切の音が聞こえてきた。

「……あ」

紫陽が口を開いた。

「何？」

「いいこと思いついたの」

その夜、僕は紫陽に引き連れられ、二車線ある山道沿いを登っていた。僕の手には空《から》の台車。紫陽に命じられるがまま、家の納屋から拝借してきたものだった。

「なあ、どこにいくんだ？」

僕は先を進む紫陽の背に問いかけた。

「お宝のある場所」

紫陽は息を弾ませながらそう応える。

あたりには鬱蒼《うっそう》と茂った杉や樅《もみ》の木々が立ち並び、分厚い梢《こずえ》の奥からは野鳥の囀《さえず》りが響き渡る。行き交う車はほとんどない。

夏の夜風特有の冷ややかさで、背中一面が汗でびっしょりだと気づく。

しばらくすると、左手に薄茶けたコンクリート壁で造られた三階建ての建物が見えてきた。建物の目の前までたどり着く。

「到着」

紫陽は額の汗を袖で拭いながらそう言った。

「ここが目的地？」

僕は愕然《がくぜん》とした。そこは誰が見ても廃墟《はいきょ》と呼ぶにふさわしい場所だった。

屋上には『日江製薬　応用技術センター』と一文字ごとに表された青いパネルが掲げられている。だが、それらの塗装はところどころ剝げ落ちていた。文頭に〝元〟だとか〝旧〟だとかのパネルを追加しても違和感はない。

入口には乱雑に置かれた単管バリケードと『不法投棄禁止』の立て看板が斜めに倒れているだけだった。敷地全体に雑草が生い茂っており、少なくともここ五、六年は人の手が入っていないようだ。どの窓からも明かりは見えない。

紫陽は躊躇なくバリケードをまたぎ、敷地に入っていった。

「おい、台車はどうするんだ？」

僕は声を落として訊いた。

「置いておいて。そこまでなら手で持ち運べる大きさだから」

何が、と聞く間もなく、彼女はずんずんと進んでいった。

正面玄関の自動扉は稼働していなかった。紫陽はあらかじめ知っていたようで、迷うことなく裏手に回る。僕もついていくと、裏口があった。

「これ、不法侵入じゃないのか？」

「私の父親、ここの会社の偉い人なの」

紫陽は扉のそばの茂みにしゃがみこみ、何かを探りはじめた。

「それは知ってるよ」

「つまり、会社のものは、父のもの。父のものは、私のもの」

「きみがそこまで自分勝手な人間だとは思わなかった」

僕がそう言うと、紫陽は露骨にため息をついた。

「悠くん……いいかい」

紫陽は渋い声色を作った。

「我々はみな、遺伝子という名の利己的な分子に操縦された乗り物に過ぎないのだよ」

彼女はそう言って立ち上がると、タグのついた鍵を手に取って見せた。

「誰の言葉?」

「リチャード・ドーキンス。イギリスの進化生物学者」

「この不法侵入も、自分勝手な遺伝子に指示された結果ってこと?」

「だから不法侵入じゃないって」

紫陽は拾った鍵を鍵穴に挿しこむ。扉を開けた瞬間に、湿った陰気な臭いが鼻を突いた。扉の先は暗闇だった。

「きみは、ここに来たことがあるの?」

「まあね」

紫陽はパーカーのポケットから懐中電灯を取り出し、中を照らした。空間の輪郭がぼんやりと浮かび上がる。長い廊下が続いていた。

いったい何が待ち受けているのか、想像もできない。

紫陽が暗闇の中に入っていく。僕が立ちつくしていると、彼女が振り返った。

「怖い?」

紫陽は出来の悪い弟を心配するような眼差しを僕に向けた。

「……いや、全然」

そう応える以外に選択肢があるなら教えてほしい。

湧き上がる不安を無理やり脇に押しやって、紫陽のあとに続いた。

僕もスマートフォンのライトを点ける。廊下は塵埃《じんあい》が積もりに積もっていた。だが、目立ったゴミなどはなく、荒らされた形跡もない。

「いったい、こんなところになんの用があるんだ？」

僕の問いかけに、紫陽は何も答えなかった。代わりに、彼女は振り返ることなく廊下を突き進んでいく。

途中、廊下に面した扉が現れる。僕は足を止めて扉の上を照らした。『薬品庫』とプレートが貼られてある。廊下の奥にライトを向けると『実験室』『採血室』といった部屋が並んでいた。

恐る恐る、手前の薬品庫の扉を開けてみた。室内を照らす。だが、何もない。空の棚が壁沿いに並んでいるだけだ。

次の実験室、採血室も、床に紙や薬品容器が落ちているくらいだ。机や棚のそのほとんどが空となっている。人の立ち入った形跡もない。

「なあ、ここって――」

廊下の奥に顔を向けると、紫陽の姿が消えていた。

「紫陽？」

湿った闇だけがそこにある。鋭い痛みに似た不安が、僕の内部に走った。

足早に廊下の奥へと進む。すると、曲がり角にぶつかった。角には、わずかに開いた鉄の扉があった。塗装が剝げ、錆びている。よく見ると、『関係者以外立ち入り禁止』と印字されていた。

曲がった先の廊下の向こうを見る。彼女の気配はない。

……この扉の奥か？

僕は息を吞んだ。少し迷い、そっと扉を開ける。

扉の奥には、地下への階段が延びていた。階段の底は暗闇がどっぷりと浸《つ》かっていて、ライトの光も届かない。

この先に、紫陽はいない。

それが直感なのか、はたまた願望なのかはわからなかったが、僕は確かにそう思った。その矢先だった。

暗闇の底から、獣のような甲高い叫び声が聞こえた。

地下の底に、何かがいる。

僕は後ずさりしようとした。が、思い留《とど》まった。

もし、この地下に紫陽が降りていたら？

悩んだあげく、なけなしの勇気を振り絞って、暗闇の階段に一歩を踏み出した。

「悠くん」

廊下の奥から声が聞こえた。ライトを向けると、暗がりの境界から人影が浮かび上がった。紫陽だった。

「そっちじゃないわ」

「この下から、何か聞こえたんだ」

「そう」

「動物の鳴き声みたいな――」

「ネズミでもいたのかもね」

紫陽はまったく気にする素振りを見せなかった。

「来て、こっちよ」

僕の足は動かなかった。再び地下の闇に目を凝らす。紫陽が僕のもとへ歩み寄ってきた。

「その下には何もないよ」

紫陽は階段の先に視線を落として言った。

「なんでわかるんだよ」

「さあ、なんとなく」

紫陽はそう言って僕の手首を摑んだ。僕は観念して彼女に促されるまま階段をあとにした。

中央のロビーを横切り、廊下のさらに奥深くへと進んでいく。

「ここよ」

紫陽が指さした先には『大会議室』と表示された部屋があった。

「会議室？」

紫陽は扉を開けた。中には長机と椅子が並べられ、前方には巻き上げ式のスクリーンが天井から下ろされていた。

「あれがお宝」

部屋の中央、長机の空いたスペースに、プロジェクターが置かれていた。

「どうして、これを？」

僕が尋ねると、紫陽はきょとんとした顔をした。

「だって、映画を観たいんでしょ？」

それから僕たちは廃墟で得た戦利品を、すでに閉鎖された山城美術館にせっせと運び入れた。プロジェクターに加え、実家にあった亡き実父のパソコン用ステレオスピーカー、ノートパソコン、深夜二時まで営業のレンタルショップで借りたＤＶＤも一緒だ。

設置する場所は決めていた。美術館の二階だ。絵画や各種工芸品が展示されていた一階とは趣《おもむき》が異なり、二階は大きく二部屋に分かれている。町側には暖炉のある応接間、廊下を挟んだ反対側の山側には天蓋付きベッドが備えつけられた寝室がある。洋館はもともと、地主だった母の曾祖父が別荘として建てたもので、二階はその名残を残していた。

僕は寝室に足を踏み入れ、ベッドのサイドチェストにあるアルコールランプにマッチで火を点けた。赤いペルシャ絨毯に、椋《むく》の支柱のある巨大な天蓋付きベッド、そこにかかる絹のヴェール、アンティークの調度品、光沢のある深い襞《ひだ》のカーテンと山城の頂《いただき》を見下ろせる広い窓。それらが踊るように揺らめきながら、暗闇に照らしだされた。

僕と紫陽は荷物を抱えたまま、何度か階段を行き来した。その際に目に入るミノタウロスの絵画のおぞましさは、不思議と気に留まらなかった。

機材の設置を終え、ついでに隣の応接間から豪奢なひじ掛け椅子を二脚運びこんだあと、紫陽は満足げに部屋を見回した。

「これでよし」

僕と紫陽の発想は同じだった。ベッドの側面から、天蓋を覆うヴェールにプロジェクターの光を投射する。するとヴェールは見事にスクリーンの役割を果たした。

「じゃあ、上映開始だ」

僕はパソコンにDVDを挿入し、再生ボタンを押す。

紫陽がアルコールランプの蓋を閉じる。部屋が再び暗闇に包まれた。

次の瞬間、闇の中に、ある一節が宙に浮かんだ。

『"Consider God's handiwork: who can straighten what He hath made crooked?" ECCLESIASTES 7:13（〝神の御業《みわざ》を見よ、神が曲げたものを、誰が直し得ようか〟旧約聖書『伝道の書』七章十三節）』

そのときの感動は、言葉では言い表せない。それは、僕がよひら座で初めて鑑賞した映画『ガタカ』の冒頭だった。スピーカーから、美しいシンフォニーが奏でられる。

そのままただ立ちつくして見入ってしまう。

僕は、暗闇に浮かぶ柔らかな輪郭の彼女を見た。

「私もいてもいい？」

「え？」

紫陽はゆっくりと僕に近づき、すぐそばの椅子のひじ掛けに腰かけて僕を見上げた。

「だって、一人が好きなんでしょ？」

彼女の瞳が、スクリーンの光で蒼《あお》く揺らめく。『ガタカ』のオープニング、主人公が自らの遺伝子情報につながる痕跡を消すために、ブルーライトの焼却炉の中で爪を切り、垢《あか》を徹底的に擦《こす》り落としていく神秘的なシーン。

僕は息を呑んだ。

「……きみにも、いてほしい」

紫陽は柔らかな笑みを浮かべた。

「よかった」

このまま家族として日々を重ねれば、彼女の眼差しに慣れる日が来るのだろうか。

「きみに、どう返せばいい？」

「何を？」

「恩」

紫陽は首を小さく傾《かし》げた。

「じゃあ」と彼女はひっそりと口を開いた。

「今の私のこと、忘れないで」

「忘れないよ」

「絶対に？」

紫陽は僕に顔を近づけた。吐息がかかるほどの距離。

「きれいな眼」

紫陽は囁《ささや》いた。

「その眼で、私の姿を覚えていて。ずっと」

「……わかった」

その夜に交わしたたった一つの約束が、この先の僕の人生をどれだけ幸福にし、そして途方もないほどに蝕んでいったのか、そのときは知る由もなかった。

その日から、その部屋が、僕と紫陽だけの新たな避難所となった。

2 七瀬悠／現在

石見崎の通夜の日、僕は彼の姪を名乗る少女、唯とメッセージアプリの連絡先を交換した。しかし結局、僕が彼女に連絡することはなかった。彼女はどこか信用が置けなかったし、あのグイグイ来る感じも僕の性に合わなかった。それに何より、今は一人で考えに集中したかった。

通夜の翌朝の午前九時過ぎ、僕は研究棟に到着した。エレベータを出ると、部屋の明かりがすでについていた。

おかしい。石見崎の死後、研究室に所属していた修士以下の学生たちは、みな散り散りにほかの研究室に異動することとなっていた。現在、この研究室に用がある人間はいない。訪れる理由があるとすれば、私物を取りに戻るくらいだ。

僕は扉を開けた。

石見崎唯がさわやかな笑顔を携えて、机の上で足を揺らしていた。

「おはようございます。七瀬さん」

僕は財布から錠剤を取り出し、それを飲みこんだ。

「今、何か口に入れました？」

「抗鬱剤だよ。必要だと思ってね」

僕はうなだれたまま、彼女を見た。

サイズの合っていなそうな黒縁眼鏡は昨日のままだ。一方、服装は打って変わって純白のカーディガンを身にまとっている。喪服姿のときより、随分《ずいぶん》と幼く見えた。

唯は長めの袖からはみ出た小さな手で、僕を指さした。

「皮肉ですね？　その仏頂面《ぶっちょうづら》で言われると、単なる嫌な奴に見えますよ」

「実際、その通りだからね」

「いいえ、あなたは優しい人です」

「なぜ？」

「叔父があなたをそう評価していましたから」

昨夜は僕を人殺し扱いしていたくせに。

「何か？」

「いや……」

僕は頭をかき、荷物を机に置いて、白衣に着替えた。

「どうやって、この部屋に？　鍵がかかっていたはずだけど」

「警備員のおじさんから借りました」

「見ず知らずのきみに？」

「私がここの学生だと礼儀正しく説明したら、快く合鍵を貸してくださったんです。『挨拶と礼節は人生のパスポート』とは、吉川英治《よしかわえいじ》もよく言ったものですね」

「きみはここの学生なの？」

「違いますが」

じゃあ偽造パスポートじゃないか。

「告別式には出ないのか？」

「どうしても、居ても立ってもいられなくて。本気なんですよ、私。叔父もお葬式に出るより、真理ちゃんを捜すほうが喜ぶはずです」

僕は首を横に振って、部屋の出入口を指し示した。

「お帰り願おう」

唯は『しょんぼり』と打てば出る顔文字そっくりの表情になった。

「そんな顔をしてもだめだよ」

「じゃあ、せめてあの日に何があったのかだけ教えてください。そしたら金輪際《こんりんざい》、七瀬さんには関わりません。約束します」

どうしようか。適当な作り話であしらうことはできる。だが、死んだ恩師にまつわる事柄で嘘をつくのは、僕の倫理に反していた。

「真理ちゃんを見つけるためなら、どんな些細《ささい》なことでも知りたいんです。七瀬さんならわかるでしょう?」

僕は彼女の目を見た。その言葉が本心だということはわかる。

「……わかったよ。話す」

唯の顔がパッと輝いた。

「でも昨日も言ったけど、きみは信じないと思う」

「構いません、聞かせてください」

僕は研究室の壁際に置かれたボロボロのロー・ソファ——ゴミ捨て場にあったものを研究室の後輩たちが頂戴《ちょうだい》してきたもの——に身を落とし、それから話しはじめた。

「僕があの日、先生に会いにいったのは、僕の妹、紫陽について問いたださなきゃいけないことがあったからなんだ」

それから僕は唯に一部始終を説明した。四年前に行方不明になった妹をこれまでずっと捜してきたこと、石見崎教授から解析を依頼されたループクンド湖の人骨のDNAが、その紫陽のものと一致したこと、石見崎の遺体発見当時のこと。

話を終えると、幾分かすっきりとした。

「その話……私をからかっているわけじゃないんですよね？」

案の定の反応だ。

「言っただろ、きみは信じないって」

「いや、でも、紫陽さんが二百年前の骨として見つかったって……」

「いかれてるって思うだろ。でも、事実だ」

「七瀬さんはどうするつもりなんですか？　これから」

「……わからない。ただ、今は真実が知りたい。それだけかな」

「叔父はその糸口だった」

唯は口元に手を当て、考える様子を見せた。

「……その骨と紫陽さんのDNA、たまたま解析結果が一致しただけって可能性はないですかね？」

「ありえない」

「そうですか？　でも昔、そんな冤罪《えんざい》事件がありましたよね？『足利《あしかが》事件』でしたっけ。現場に残されたDNAとたまたま一致した無実の人が逮捕されてしまった事件」

「あのころとは鑑定の方法も技術レベルも違う」

「ふむ……？」

唯が納得いっていない様子だったので、僕は付け加えた。

「足利事件で用いたのは〝MCT118型検査法〟。百三十人に一人のDNAを特定できた。そこに血液型とかを加味すれば、精度は大体千人に一人」

「七瀬さんがおこなった方法は？」

「僕がおこなった鑑定は〝マルチプレックスSTR解析〟っていう、今の時代ではオーソドックスな方法。低く見積もっても四兆七千億人から一人を識別できる。犯罪捜査の現場でもよく使われている手法だ」

「四兆、ですか」

厳密に言えば、僕は再解析も含めて二種類の検査キット――〝アイデンティファイラー〟と〝パワープレックス16〟を使用した。しかし、そのどちらの方法でも解析結果は一致していた。それらが偶然一致する可能性はまずない。

もともと、インドの研究機関でも、僕が実施した解析方法とは別の方法である〝ミトコンドリアDNA解析〟という手法で鑑定をおこなっている。人骨が東アジアのルーツだとわかっていたのもそのおかげだ。石見崎教授に改めて調査依頼した理由は、恐らく、より高度な検査方法による裏付けを取るためだろう。

ミトコンドリアDNA解析は年月が経った試料や少量の試料には適しているが、識別の精度はマルチプレックスSTR解析に劣る。人骨を取り上げた際に塗布された保存用の合成樹脂がDNA抽出の妨げになる場合もあり、ダブルチェックのために依頼が来るのはよくあることだった。

「じゃあ、やっぱり超常現象のたぐいとか？　はたまたタイムスリップとか……」

「もしくは呪いか」

思わず口をついて出た。

「呪い？」

「いや、石見崎先生が言っていたんだ。『ループクンドの人骨に関わったら呪われる』って」

「その話を信じてるんですか？」

「まさか。でも、先生が何か知っていたのは確かだ。だから先生について調べる必要がある」

「叔父が使っていたパソコンとか携帯電話は、まだ警察署ですけど」

「隣の部屋にはまだ残ってる。先生の仕事用のパソコンだ」

石見崎教授の執務室は僕らの研究室の隣にある。

僕は教務課から借りた鍵を使って、石見崎の部屋を開けた。

執務室の中は、石見崎がいたころと何も変わっていなかった。床に積み上げられた学生のレポートや参考書。どこで買ってきたのかもわからない異国の石人形。

部屋の奥には石見崎の机とパソコンが置かれている。が、そこはホワイトボードに遮られて見えないようになっていた。廊下からの視線が気になるためと言っていた。今も声をかければ、あの愛嬌《あいきょう》のある髭面がホワイトボードの脇からひょっこりと出てきそうな気がした。

「どうかしました？」

部屋の入口で動かないでいると、唯が後ろから尋ねてきた。

「いや、なんでもないよ」

だめだ。今さらになって、寂しさがこみ上げてくる。

「……パソコンを見てみよう」

僕らは書類の山をまたぎ、ホワイトボードの裏に回った。

パソコンはデスクトップ型で、本体は机の下に設置してあった。僕はパソコンを起動し、石見崎の椅子に座った。

起動を待つあいだ、石見崎の机に飾られた写真立てに目がいった。写真には今より十年以上前に撮られたと思われる若い石見崎が写っていた。七、八歳くらいの少女を腕に抱き、笑顔でこちらを向いている。少女には見覚えがあった。

「これ、きみ？」

僕は唯に尋ねた。唯も写真に気づくと、少し驚いた表情で写真を手に取った。

「本当だ。私ですね。どこでこんな写真を撮ったんだろう」

「まるで本当の親子みたいだ」

僕が言うと、唯は悲しそうな笑みを浮かべた。

「実際、実の娘のように可愛がってもらっていました」

ディスプレイにログイン画面が映し出された。Ctrl＋Alt＋Deleteを入力すると、パスワード認証画面が表示された。研究室の共用パスワードである〝ishimizaki〟を入力する。しかし、パスワードは一致しなかった。

「参ったな。まさか自分だけは違うパスを設定していたなんて」

「ちょっといいですか」

唯が後ろからキーボードをタイプする。すると、ログインに成功した。

「〝mari0808〟。真理ちゃんの誕生日です」

「やるね」

僕はデスクトップ画面にあるメールソフトを開いた。

「何か、叔父の死に関係してそうなメールは来てますか？」

メールは学生からの質問や学会開催のお知らせ、教授会の日程調整についてのものがほとんどだった。

「いや。全部、仕事関係だ」

受信ボックスの検索バーに〝ループクンド〟と入力してみる。が、該当するメールはなかった。次に〝roopkund〟と打ちこむと、数件のメールが表示された。それらは、すでに僕に転送されたものだった。インドの研究機関からの依頼メールと、既知の解析結果。

「ネットの検索履歴とかは？」

検索履歴には、他大学の論文記事や、遺伝子工学関係の最新ニュース、人骨が採掘された場所の地名などがあった。

「これ、なんですかね。人名で検索してますけど。『仙波佳代子』？」

「仙波？」

「ご存じですか？」

「仙波佳代子といったら、分子生物学の世界的権威だ」

「その人の名前を、どうして？」

「さあ。でもどうやら、講演会の日程を調べていたみたいだ」

次に僕はメールソフトに紐《ひも》づいたスケジュールアプリを立ち上げた。十日前付近の予定を見てみる。

「これはなんでしょう」

唯が、石見崎の遺体が発見された日の前日を指した。『s』と入力されている。時間帯は、午後七時から八時。場所は書いていない。

「どういう意味かわかる?」

唯は肩をすくめた。

「その三日前にも『s』が入っていますね。この日は終日」

その日は紫陽の〝葬式〟の翌々日だった。確かにその日、石見崎は終日不在にしていた。

「入っているのは、その二日だけか。仕事関係じゃないな」

『s』。最初に思い浮かんだ言葉は『シハル』。だが、意味が通じない。紫陽の葬式があった日には丁寧に『葬儀』と入力されている。ほかの日付を見ても、アルファベット一文字で表記している予定はない。

「『センバ』とか?」

唯がつぶやいた。

「まさか。先生が仙波佳代子と知り合いだなんて、聞いたことがない」

「そんなにすごい人なんですか?」

「世界で初めてマウスの人工胚《はい》を作製したんだ」

「胚？」

「生き物が、子供になる前の存在って言えばわかるかな。人間でいうところの胎児だ」

「胎児を……人工的に？」

「正確には、胎児とされる前段階の状態までを、精子と卵子を使わずに作った。仙波佳代子のおかげで、脳や臓器の発達メカニズムの解明が飛躍的に進んだんだ」

「すごい話ですけど……でもそれ、叔父の研究分野と関係ありますか？」

「ない。だから不思議なんだ。講演会なんて行く理由もないはずなのに」

「問いただしてみますか」

「誰に？」

唯は僕を押しのけ、インターネット・ブラウザを再び開いた。

「見てください。今日の午前十一時から、明栄《めいえい》工科大で仙波佳代子の講演会が予定されています。それに行ってみましょう」

「それ、仙波佳代子を問いただすってこと？」

唯は『愚問です』という表情を浮かべた。

「先生の検索履歴だけで？　そんな根拠じゃ――」

サイトに掲載されている仙波佳代子の近影が目に入る。歳は七十を過ぎていたが、若々しく、きれいな人だった。何よりも目を引くのが、艶のある銀髪――。

そのとき、僕はあることを思い出した。石見崎の自宅に落ちていた銀色の毛髪。

「いや、きみの言う通りかもしれない」

唯はウインクをした。

「決まりですね」

3 平間孝之／現在

平間は自宅の居間で、一人パソコンと向き合っていた。

小野寺から受け取ったUSBメモリのデータは、三ギガバイトにも満たないものだった。小野寺の言葉通り、中身は未整理のデータが無秩序に保存されていた。確認した当初は、どれから手をつければいいのかわからなかったほどだ。本人に聞くことができればよかったが……それは叶《かな》わなかった。

カフェで会話したのを最後に、小野寺とは連絡がつかなくなった。小野寺も、平間と同じく独り身だった。共通の友人に尋ねても、誰も彼の現況を知らなかった。

知っているとすれば……七瀬京一。

メモリの中には写真データが複数あった。最後に撮られた写真は、駐車場を一人で歩く男の姿だ。最初は誰かわからなかった。が、その他のデータを読み進めていくと、その人物が日江製薬の代表取締役である七瀬京一だということがわかった。

小野寺は間違いなく、七瀬京一を探ろうとしていた。だが、それに輪をかけて身辺を調査していた人物がいる。仙波佳代子だ。平間は知らなかったが、有名な学者らしい。彼女については、自宅の電話番号に現住所、家族構成まで調べ上げていた。

平間はこの女性に着目した。いや、そうせざるを得なかった。ほかにも調査対象の人物は何人かいた。だが神立《かんだち》大学教授の石見崎明彦をはじめ、過去に日江製薬で仕事をした経験のある学者——例えばアモール・ナデラというインド人研究者など——が、現在では全員が死亡、または行方不明となっていた。アモールを含めた何人かに至っては、白骨遺体として見つかっている。

小野寺の言った通り、〝やばいネタ〟であることは間違いない。だが、小野寺が彼らを探っていた理由は判然としなかった。

意図的に核心を伏せているのかもしれない、と平間は勘ぐる。虫食いのデータで興味を引けるだけ引き、出戻りの話がこじれた際の交渉材料にする魂胆だったのではないだろうか。小野寺のやりそうなことだ。

しかし今に至っては、平間の頭の中で一つのストーリーが組み上がっていた。日江製薬が抱える巨大なスキャンダル。鍵は、ここ最近の経営不振だ。

近年、株価低迷が続く日江製薬はつい半年前まで中国の大手コングロマリット企業〝新明阿〟からの敵対的買収の危機に曝されていた。日江の高度な製薬技術が目当てだろう。

それに対し、日本政府は経済安全保障の観点から買収阻止に動いた。外資規制を強化し、日江製薬を政府の庇護《ひご》下に置いた。

ここからは仮説だが――もし、日江製薬が企業スキャンダルを抱えていて、それが日本の政治家全員に見限られるほどの大きなものだったらどうだろうか。新明阿がその証拠を摑もうと動き、対する日江製薬は躍起になって当時の関係者の口封じを進めている。

さて、一介の企業に、そんな大それたおこないができるだろうか？　まさに陰謀論だ。

だが、ありえない話ではない。日江製薬には他の大手企業と一線を画す要素が一つある。樹木の会とのつながりだ。

樹木の会の影響力は絶大だ。信者は至るところにいる。政界、芸能界、産業界……。警察幹部の多くにも、樹木の会の息がかかっているという。日本を裏から支配しているといっても過言ではない。奴らの力を使えば、関係者を消すなど不可能ではないのでは？

事実、小野寺が消えたのだ。それが突飛な話だと誰が言える？

ここ数日はその仮説をもとにさまざまな場所へ足を運んでいた。だが、どうしても行き詰まる。

やはり、七瀬京一に直接取材するしかない。当然のことながらアポは取れない。一方で、会社の警備は厳重だ。小野寺の侵入で、警戒が強化された可能性もある。

七瀬京一の現住所は小野寺のデータに残っていなかった。さて、どうするか。

携帯電話が鳴る。部下からだった。

〈平間さん、今日は出社されないんですか？〉

「ああ。しばらく顔を出せないと、編集長に伝えておいてくれ」

〈え、俺がですか？〉

「よろしくな」

相手の反応を待たずに切る。

会社など、今はどうでもよかった。久方ぶりに血が熱くなる。

——俺がすべてを白日《はくじつ》の下《もと》に晒《さら》し、日本を沸かす。

平間はソファから立ち上がった。

七瀬京一に近づけないなら、もう一方を攻めてみるか。

4　七瀬悠／現在

明栄工科大は埼玉《さいたま》県川越《かわごえ》市にある。関越《かんえつ》自動車道を通れば車で一時間と少しの距離だ。

僕は大学二年のときに中古で買った白のハイトワゴンに唯を乗せた。このままいけば、講演終了の十五分前には到着する見込みだ。

道中、フロントガラスが一粒の雨粒を弾《はじ》いた。それを合図に、雨が勢いよく降りだした。

「『晴れた日は晴れを愛し、雨の日は雨を愛す』ですよ。七瀬さん」

助手席に座る唯が言った。

「なんだよ、急に」

「吉川英治の言葉です。憂鬱そうな天気も、捉え方しだいだと」

「僕の表情が暗いのは、天気のせいだと？」

「違うんですか？」

「自分の妹が死んだんだ。鼻歌交じりでドライブしていたら、正気の沙汰《さた》じゃないだろ」

「死んだとは限りませんよ」

唯は冷静な口調で言った。

「だって、二百年前の骨とDNAが一致なんて、改めて考えればおかしな話です」

「でも現に——」

「一致した。で、偶然はないのでしょう？　だったら何かしらのカラクリがあるはずです」

唯は僕に人差し指を向けて続ける。

「仮に紫陽さんが、私たちには計り知れない……例えばタイムスリップだとか、あるいは呪いだとかの怪奇現象に巻きこまれたのだとしたら、それはそれでチャンスです。タイムスリップなら私たちもその方法を探ればいいし、呪いならば解くだけです」

僕は反論しようとした。が、できなかった。唯の言葉に、ある種の説得性が宿っていることは認めざるを得なかった。

「つまり私が言いたいのは——」

「『諦めるのはまだ早い』だろ」

唯はにっこりと笑った。

「そういうことです。『早い』に二乗をかけてもいいくらい」

変な気分だった。紫陽が行方不明になってからというもの、必死に彼女を捜す僕に対して、誰もが諦めるよう諭《さと》した。その僕自身が、いつの間にか紫陽の生存を諦め、出会って一日しか経っていない少女に発破をかけられている。

「きみには――」

僕が話そうとすると、唯は手で制した。

「唯です。私のことは唯と呼んでください。私たちは同病相憐れむパートナーなんですから。ね、悠さん」

僕がためらっていると、ハンドルを握る僕の腕を、唯が肘で小突《こづ》いてきた。

「……わかったよ。唯」

「なんでしょう」

「ありがとう」

凝り固まった孤独感が、ほんのわずかにほぐれた気がした。

「きみのおかげで、少し楽になった」

「だったら、もう少しくらい笑ったらどうです？」

「根暗でね。きみのほうこそ、どうしてそんなに笑えるんだ？　従妹《いとこ》が心配じゃないのか？」

「『楽しいから笑うのではない。笑うから楽しいのだ』」

「また引用か。今度は誰の？」

「哲学者、ウィリアム・ジェームズの言葉です。どれだけ絶望の淵《ふち》にいたとしても、私はできる限り笑って過ごしたいんです。そうじゃなきゃ、人生、損じゃないですか」

「僕には理解できない」

「悠さんも、やってみたらわかりますよ」

唯が彼女特有の片えくぼのできる笑みを見せるのを、僕は横目で確認した。

「ほら、スマイル」

「これでいい？」

僕は無理やり口角を上げた。

唯は呆れた声を出した。

「便秘で困っているようにしか見えません」

明栄工科大学に到着するころには、空は小雨に落ち着いていた。傘をさす必要もないほどだ。車は高架下にあるコインパーキングに駐車した。周囲に高い建物はなく、畑や駐車場が点在している。静かな町だ。

高架線沿いを歩き、道路を横断したあと、県営の団地を抜ける。すると、ひと際目を引く大きな建物が見えた。目的の大学だ。門を通ると、芝生の敷かれた広々とした敷地に、大小さまざまな建物があった。

「さてと。問題は、仙波佳代子が実際に僕らに会ってくれるかどうかだな」

突然、唯が「あっ」と言って立ち止まった。

「どうした？」

「このあたりに本を売ってる場所はないですかね」

「あるとすれば、大学生協の購買とかかな」

「私、ちょっと寄ってきます。悠さんは先に行ってて」

唯はそう告げると、僕の返答を待たずに駆け足で敷地の奥に消えた。

釈然としないまま、僕は先に講演会場に向かうことにした。講演会場の場所は構内のいたるところに貼られたポスターに記載されていた。『東棟大ホール』だ。

小さなコンサートホールのような会場にたどり着く。中はほぼ満員だった。

壇上に仙波佳代子がいた。上品な亜麻色の小紋を着ている。手にはマイクがあった。

「――生命とは、互いに絡み合った膨大な化学反応の体系にほかなりません。そして生物学とは、その絡み合いの秘密を解き明かす学問です」

仙波の声は、美しさを備えながらも、およそ七十過ぎとは思えないほどの芯の強さを感じさせた。

「この分野における新たな発見や実験の成功は……私のチームがこれまでに成し遂げてきたことを含め、常々、倫理性や宗教性の面から批判にさらされてきました。『生命の神秘に対する冒瀆《ぼうとく》だ』と。しかし私たち生物学者は、生命への畏敬の念を持って日々研究に向き合っているという事実を、皆様方にご理解いただきたいのです」

仙波がそう言うと、壇上のスクリーンに五歳くらいの少年の姿が映し出された。芝生の上を無邪気な笑顔で駆けている。

「この子の名は、圭太《けいた》。私の愛すべき孫です」

仙波はスクリーンを慈《いつく》しむように見上げた。

「圭太は生まれつきフェニルケトン尿症という遺伝病を患《わずら》っていました。フェニルケトン尿症の人たちは、体内でフェニルアラニンというアミノ酸を分解できません。その結果、フェニルアラニンの血中濃度が高まり、脳の神経発達が阻害されます。かつて、この病は多くの子供たちの知能に重い障がいを残しました。しかし、現代ではこの病気は簡単に管理できます。生後すぐにおこなわれる新生児スクリーニング検査で症状の有無を判定し、該当する子供たちにはフェニルアラニンを含む食事を与えなければいいだけです。おかげで、圭太は今も健康に日々を過ごせています。これも科学の発展による恩恵の一つです」

仙波はテーブルにある緑茶のペットボトルに口をつけ、続けた。

「生物学は、生命の尊さに基づいているからこそ、どんな生命も漏らさずに救う可能性を秘めているのです。人類の真の平等の実現は、生物学が担っています。生物学に携わる皆さま方にも、そういった誇りを持って、研究に取り組んでいただけたらと思います」

仙波はそう言い終えると、静かに頭を下げた。同時に、ホール全体に大きな拍手が響き渡った。

それから、司会の進行で質疑応答に移る。その間に会場を見渡すと、壁際に立つ一人の中年男性と目が合った。金髪のツーブロックに、ネイビーのアロハシャツをまとっている。左腕には派手な金色の腕時計。僕と目が合うと、男は視線を壇上に移した。

講演会が終了する。仙波が舞台袖に消えるのを確認してからホールを出る。建物の裏手に回ると、出口の前に一台のタクシーが停められていた。

柱の陰で様子をうかがう。五分ほど待つと、会場から仙波が出てきた。追いかけようとすると、近くにいた職員の男が立ちふさがった。

「あの、何か？」

男が僕に尋ねる。

「すみません、仙波先生とお話がしたくて」

「話なら私が聞くよ。連絡先を教えてくれれば、後日こちらから回答するから」

「いえ、直接お話しできればと――」

「だめだめ。きみも、仙波先生に自分を売りこもうっていう魂胆だろ。多いんだよね、きみみたいな学生」

「違います。僕は——」

「なら、なんの用だい？」

職員の男は怪訝《けげん》な表情を浮かべた。

どう応えようか。相手の言い分に筋が通っている以上、納得させるのは難しい。

「悠さん！　忘れものですよ！」

背後から唯の声が響いた。振り向くと、片手にハードカバーの本を持っている。

「これを忘れちゃダメじゃないですか」

唯は駆け寄って僕に本とサインペンを押しつけた。本のタイトルは、『新時代の生命』。著者は仙波佳代子だった。僕は唯の意図を汲《く》み取った。

「スマイルですよ、スマイル」

彼女はそう囁いてウインクをした。

僕は一呼吸置き、精一杯の笑顔を作って職員に向き直った。

「恥ずかしいのですが、仙波先生からサインをいただきたくて……」

僕がそう言うと、職員は呆れ笑いを浮かべた。

「仕方ない。あまり時間を取らせないでくれよ」

職員は「先生」と仙波に呼びかけたあと、僕と唯を通した。

「親切な人でよかったですね」

再び唯が囁いた。

「助かったよ。ありがとう」

「『笑顔は人生のマスターキー』」

「誰の言葉？」

「私です」

仙波に近づくと、僕が声をかけるよりも先に、彼女が振り向いた。僕に視線を合わせ、ゆっくりと微笑む。

僕は先ほどの笑顔を維持しつつ、仙波佳代子に一礼をした。

「実は先生のファンでして、よかったらサインをいただけないでしょうか」

「あら、私もまだまだ捨てたものじゃないわね」

仙波は口元をほころばせると、僕から自著とペンを受け取ろうとした。しかし、彼女の片手には、壇上で飲んでいたペットボトルがあった。

「そのペットボトル、僕が捨てておきますよ」

「いいのかしら？　じゃあ、お願いするわ」

ほとんど空のペットボトルを僕に手渡す。

「簡単でいいかしら。昔からあまり、こういうのは慣れていなくて。あなた、お名前はなんて言うの？」

「七瀬です。七瀬悠」

そのとき、仙波のペンを持つ手が止まった。

「……七瀬？」

仙波が再び僕の目を見た。初めて僕の存在を認識した眼差し。

「何か？」

「いいえ、知人が同じ名字で。なかなかいないでしょう？　『七瀬』なんて……。ついでに、御父上はどんなお仕事を？」

「日江製薬で経営を」

「七瀬京一？」

「父をご存じで？」

「……昔、一緒に仕事をしたことがあるのよ。もう二十年以上も前になるわ」

二十年以上前。石見崎と京一が、ループクンド湖で人骨の発掘調査をしたのは二十四年前だ。

僕は鎌をかけてみることにした。

「仙波先生は、石見崎教授のこともご存じですよね。ほら、神立大学の」

仙波の表情から、完全に笑顔が消えた。

「……ええ。それが？」

「僕の父や石見崎先生とは、どういったご関係で?」

「言ったでしょ。昔の仕事仲間よ」

仙波は投げやりにサインを書き終えると、僕の胸にその本を押しつけた。

「どういった仕事を――」

「忘れたわ。昔のことだもの」

仙波の声から苛立《いらだ》ちが滲《にじ》みだす。

「十日前、石見崎先生の自宅にいらっしゃいましたよね? どうしてですか?」

仙波の顔に何かがよぎった。

「行ってないわ。彼とはもう何年も会ってないもの」

「石見崎先生が何者かに殺されたんです。仙波先生なら、何かご存じではないのですか?」

「知らないわ」

仙波はそう言い放つと、車のほうへ足を向けた。

「仙波先生、ちょっと待ってください!」

僕らの様子に異変を感じ取ったのか、先ほどの職員の男が近づいてきた。

「おい、きみ何してるんだ」

職員が僕を引き離そうとする。僕は必死で抵抗しながら、仙波に言葉を投げた。

「仙波先生、ループクンド湖について、何か知っているんじゃないですか？」

その瞬間、仙波の動きが固まった。それから、ゆっくりと僕のほうを見た。

「……あなたのためを思って言う」

仙波は僕をじっと見つめた。

「その件について、首を突っ込むのはやめなさい。さもなくば——」

「『呪われる』ですか？」

仙波は何も答えることなく、運転手に指示を出して車を発進させた。

それから、僕と唯は職員の男にひとしきり怒られたあと、構内の敷地から追い出された。

「仙波さん、何か知っているのは間違いなさそうですね」

車に戻る途中、唯が言った。

「でも、あの様子ですと何も教えてくれなさそうですね。収穫なしです」

「いや、得られたものならある」

僕は仙波から受け取った空のペットボトルを見た。

「それ、仙波さんの飲みかけのやつですよね」

「そうだよ」

僕が応えると、唯は口をつぐんで立ち止まった。

「何？」
「他人の趣味嗜好《しこう》に口を出したくありませんが……それ、けっこう気持ち悪いですよ」
「違う、これは……まあいい。研究室に戻ろう。そこで説明するよ」

5　七瀬悠／現在

研究室に戻る道中、唯を車に待たせ、自宅のアパートに立ち寄った。石見崎の家で拾った毛髪を取りに戻ったのだ。銀髪はズボンのポケットに入ったままだった。事件以降、洗濯する気力も湧かなかったのが幸いした。僕は銀髪をチャック付きポリ袋にしまった。

唯と研究室に戻る。僕は机の上に仙波のペットボトルと髪の毛の入った袋を取り出した。

「それは？」

唯が尋ねた。

「石見崎先生が殺された日、僕が先生の家で拾った髪の毛だよ。変に目立っていたから、取っておいたんだ」
「その銀髪……」

「仙波佳代子の髪に似ているだろ？」

「なるほど。そのためのペットボトルですか」

理解が早い。

「そういうこと。ペットボトルの飲み口に付着した仙波佳代子の口腔細胞と、拾った髪の毛のDNA型が一致すれば、仙波佳代子は石見崎先生の家を訪れたことになる。しかも、僕が見た限り、落ちた髪の毛はまだ時間が経っていないようだった。そうだとすれば、彼女が石見崎先生の死に関わっている可能性はある」

「わけもなく老婆の唾液を収集したわけじゃない、と」

「ご理解いただけて何より」

僕は棚からピンセットとゴム手袋、ステンレス製のトレーを取り出し、机の上に置いた。

ゴム手袋をはめ、髪の毛を袋から慎重に取り出し、トレーの上で観察する。

DNA鑑定において、毛髪は検査試料としてあまり適していない。毛髪の毛先とは、言ってしまえば死んだ細胞が硬化したものに過ぎないからだ。細胞が生きていたころの名残としてDNAの残渣《ざんさ》が含まれてはいるが、毛先のみでのDNA抽出は極めて難しい。

DNA抽出の成功確率を高めるには、毛根付きの毛髪を使用するのが望ましい。毛根には、生きた細胞が残っているからだ。幸い、その毛髪には白く丸みを帯びた毛根が付いていた。DNA鑑定をおこなうには、この毛根から不要なたんぱく質や脂質を溶かして除去する必要がある。

僕は切り取った毛根をコニカルチューブに入れ、エタノールで洗浄した。洗浄後、毛根を別のコニカルチューブに入れ、マイクロピペットで試薬を投入する。

あとは、毛根の入ったコニカルチューブをインキュベーターにセットし、摂氏五十六度で三十分加温するだけだ。

インキュベートが開始される。オーケー。

次はペットボトルだ。新しいゴム手袋につけ替える。

ペットボトルの蓋を開ける。綿棒の先端に滅菌水を垂らし、その綿棒でペットボトルの口元を拭く。試験管に綿棒の先端が上になるように入れ、試験管立てに置いた。

「そっちは検査しないんですか？」

唯が興味深そうに顔を近づけるのを、僕は手で制した。

「少しのあいだ、乾燥させる」

「もし仮にDNAが一致したら、どうするんです？　警察に届けますか？」

「まさか。相手にされないさ」

「じゃあ……」

「僕ら自身で、徹底的に彼女を探る」

紫陽のためなら、どんな手を使ってでも。

「まあ結果がわかるまで、まだ時間がかかる。今日はもう帰ったほうがいい」

唯は僕をじっと見て、それから椅子に座り直した。

「もう少し、ここにいてもいいですか？　邪魔はしませんから」

「構わないけど」

唯はしばらくのあいだ、僕の作業を観察していた。が、やがて飽きたのか、研究室の中をぶらぶらと歩きまわりはじめた。

「むやみに装置に触らないでくれよ。どれも高価なんだ」

「触りませんよ。……ところで『アデニン』って誰です？」

「なんのこと？」

僕は顔を上げた。唯が壁際のテーブルの上を指さしている。

「ここに書置きがあります。『アデニンたちは私の家で預かっておきます。ご心配なさらず。By新橋』」

僕は理解した。彼らのことをすっかり忘れていた。

「うちの研究室で飼っていたハムスターだよ。しばらくのあいだ、誰も面倒を見られないから後輩が預かってくれたんだ」

「ハムスター？　研究室ってペット飼えたりするんですか？」

「彼らは別の研究室の実験動物でね。余ったからって、石見崎先生が一年前に連れてきたんだよ。『七瀬くんが寂しくないように』って。四匹もね」

あはは、と唯は笑った。

「その子たちの名前は？　その、アデ……なんとか以外の」

「〝アデニン〟と〝チミン〟、それに〝グアニン〟に〝シトシン〟」

「呪文ですね？」

「違う。A、T、G、C。DNAを構成する有機塩基だよ。Aのアデニン、Tのチミン、Gのグアニン、Cのシトシンの四種類あって、そこから名付けた。ただ、グアニンは餌《えさ》の食べ過ぎで天に召された。シトシンには可哀想《かわいそう》だけど」

「可哀想？　どうして？」

「DNAが二重らせんの構造だっていうのはわかる？」

「ええ、テレビとかでよく見るあれですよね」

「そう。塩基配列は二重らせんの構造上、必ずA‐T、G‐Cというペアを組むんだ」

「ペアの相手がいなくなるから『可哀想』ですか。まあ、私には縁のない世界です」

「そうでもない。少なくとも、DNA鑑定には何よりも重要な意味を持つ」

「どうして？」

「人の遺伝情報はたくさんの文字の並びから成り立っているんだけど、その文字はA、T、G、Cの四種類しかない。で、その並びは人それぞれ違う。DNA鑑定は、その文字列を比較することでおこなってるんだ」

「その四文字が、私たちの外見に影響を？」

「外見だけじゃない。身体能力、性格、知能……それに、将来患う病気とか、その人のすべてが、その四文字の羅列で決まる」

「なんていうか、その四文字の並びって……運命そのものですね」

いい表現だ、と僕は思った。

「ちょっと興味が湧きました。勉強しよ」

唯は近くの本棚から参考書の一つを手に取って広げた。

「ところで、こんなところにいて親が心配しないのか？」

僕が尋ねると、唯は鼻で笑った。

「私、親に心配されるような年ごろじゃありませんよ？」

「そうなの？　てっきり、高校生くらいかと」

「すでに成人してます。今年で二十歳。おかげさまで」

「見えないな……いや、ごめん。失礼か」

「まあ、よく誤解されます」

彼女は笑顔で首を振った。

「学生？」

「いいえ」

「普段は何を？」

僕が問うと、唯は顔をしかめた。

「私が一番嫌いな質問です」

「どうして？」

「『何もしてません』と答える羽目になるからです」

僕が首をひねると、唯は音を立てて本を閉じた。

「いいですか、悠さん。世のすべての人間が、自分が何者であるかを語れると思ったら大間違いですよ」

「別にそんな大層な質問をしたわけじゃない」

「悠さんにはわかりませんよ。大学院生というピカピカの〝バッジ〟が胸にあるんですから」

糸原が耳にしたら紛糾しそうな比喩《ひゆ》だ。

「でも、この社会にはなんのバッジもついていない人が一定数いるんです。私みたいに。そんな人たちは、それを指摘されることにいつも怯えてる」

「でも、僕はきみのことが知りたい」

唯ははにかんだ。

「それは……まあ、光栄ですけど」

「それに、僕らは『同病相憐れむパートナー』なわけだし」

「でも、本当に何も話せることがないんです。薄っぺらい人生を歩んできたので」

「そうは思えない」

「どうしてですか？」

「きみは、なんというか、ユニークだ」

唯は笑い声を上げた。

「孤独な人間はみんなユニークです」

「違いない」

唯は一息つくと、言葉を選ぶように話しはじめた。

「私は、幽霊みたいな人間なんです。誰にも認知されないし、誰に影響を及ぼすこともない。私を見てくれたのは私の……叔父と、あと……」

唯が言い淀んだので、僕が引き継いだ。

「真理さん？」

「ええ、そうです。彼女と過ごしているあいだ、私は確固たる自分を感じられた。それに、彼女はいつも私の話を聞いてくれました。返事はしてくれないけど、見つめ返してくれるんです。そのたびに私は、自分の存在を自覚できた」

「ご両親は何を？」

「両親の話は……したくないです。まあ、普通の人たちですよ。両親はともに整形外科医」

「エリート家族じゃないか」

「でもだからこそ、学校にもちゃんと通わなかった私をあまり好きじゃないみたいです」

部屋の中がしんと沈んだ。

僕がどう返事をしようか迷っていると、唯はいつもの笑顔に戻って立ち上がった。

「今度は悠さんの話を聞かせてください」

「僕も大した話はできないけど」

「恋人はいるんですか？」

「いない」

唯はテーブルに身を乗り出した。

「その外見で？　やっぱり、なんていうか、そのスカした感じが――」

「今『スカした』って言った？」

「いえ、その澄ました感じが、人を寄せつけないんでしょうかね」

僕は逃げるように立ち上がって、エスプレッソマシンのスイッチを入れた。

「あとは、いつも一人でじっと何かを考えているところとか、あまり目を合わせてくれないところとか――」

「きみは僕と会話がしたいの？　それとも僕を分析したいのか？」

「両方です。……じゃあ、そうだな。悠さんは、どうしてＤＮＡの勉強をしようと思ったんですか？」

「紫陽の影響かな。彼女がときどき話す遺伝子についての逸話がいつも面白くてね。僕もだんだんと興味を持つようになっていったんだ」

「普段は何を？」

「ここで研究している」

あとは、カウンセリングを受けたり。

「それ以外で。休みの日とか」

「紫陽を捜してる」

「『捜してる』って……」

「ＳＮＳで目撃情報の提供を呼びかけたり、地元の人たちを尋ね歩いたり、彼女が思い入れのありそうな場所を回ったり、興信所に依頼したり……」

「警察には相談を？」

「当初はね。でも、初めからまともに取り合ってもらえていない」

「どうして？」

「父親が、彼女の捜索に前向きじゃなかったんだ。理由はわからない。でもそのせいで、紫陽はただの家出少女だと思われた」

ノズルから湯気とともに高圧力で噴き出す黒い液体を眺めながら、僕は京一と警察への湧き上がる怒りを抑えた。

「紫陽さんは、どうしていなくなったんですか？」

コーヒーの抽出が終わる。手に取ったマグカップの液面に、眼球のような黒い気泡が無数に浮かんでいる。

「……コーヒーは？」

「いただきます。砂糖とミルクも」

唯にできたてのコーヒーを手渡す。自分のマグカップもセットする。

「四年前に、日江市で豪雨災害があったことは知ってる？」

「覚えてます。町のほとんどが沈んでしまったんですよね」

「僕と紫陽は当時、実家に二人で暮らしていた。でも、あの日、僕は家にいなかった。前日に大学で期末試験を受けていたんだけど、大雨の影響で電車も道路も寸断されてね。僕は大学に泊まりこみ、紫陽を家に一人で残していた」

エスプレッソマシンが再び抽出を終える。

「僕は心配で、何度も連絡した。でも彼女は電話に出なかった。気が気じゃなかった。自分を呪ったよ」

マグカップを手に取って、僕は唯の隣に座った。

「普段だったら、そんな天候のときに彼女を置いて大学に行くことなんてなかった。でも、その日は些細なことで口喧嘩《くちげんか》しちゃってね。気まずくて、彼女から離れたかった。それで、道が復旧して帰ってみたら、紫陽はどこにもいなかった」

「おうちは無事だったんですか？」

「ああ。彼女だけが消えていた。警察は『外の様子を見にいって巻きこまれたのだろう』なんて言っていたけど、彼女がそんな無謀な人間じゃないことは、僕が一番よく知ってる」

「悠さんは、紫陽さんがまだ生きていると？」

「彼女を見たんだ」

「いつ？」

「三年前の学会発表。僕の発表中、聴講者に交じって、彼女が僕を見ていた。部屋は暗くて人も多かったけど、見間違えようがない」

唯が深く息を吸った。マグカップを唇に当てたまま、何かを考えこんでいる様子だった。

「僕の話は以上だ」

部屋がまたしんとした。しばらくして、唯が再び口を開く。

「どうやら私たちは、自己紹介にとことん向いていないタチみたいですね」

「そうらしい」

「じゃあ、紫陽さんのことを教えてくださいよ」

唯は好奇心旺盛な子犬のような目で僕を見上げた。

「今話しただろ」

「そうじゃなくて。どういう子だったんですか？」

「……頭がよかった。学校にも通ってないのに、いつも本ばかり読んでて、僕よりなんでも知っていた」

紫陽の姿を思い起こそうとするたびに、みぞおちのあたりが苦しくなる。

「いつもどこか遠くのほうを見ているような、そんな子だった」

「外見は？　写真とかないんですか？」

「ない」

唯は疑うような目で僕を見た。

「本当に？　出会ってから一枚も撮ったことがないんですか？」

「ない。紫陽は、写真に撮られるのを嫌がったし、僕も無理強いする気はなかった。もちろん、今は後悔してるけど」

「写真なしで、彼女を捜索しているんですか？」

「ああ、笑っちゃうだろ。僕の馬鹿さ加減に」

「じゃあ、言葉で紫陽さんの姿を描写してください」

紫陽の姿を思い描くのは容易《たやす》い。だが、彼女のあの透明さを、儚《はかな》さを、聡明《そうめい》さを、言葉で説明することはできなかった。

「身長とか、髪の長さとか、色々とあるじゃないですか」

「身長はきみと同じくらいで……髪は、長かった。腰まであった。ああ、でも」

思い出がまた一つ、蘇った。

「ショートにしたこともあった。僕が切ったんだ」

6　七瀬悠／七年前

「本当にいいのか？」

僕は震える手で、紫陽の首筋に鋏《はさみ》を近づけた。

「バッサリと、どうぞ」

戸惑う僕を促すように、紫陽は大きく頷いた。

「おい、頭を動かすな」

紫陽は頭を振って僕をからかった。

自宅の洗面台の前で、紫陽は僕に背を向けて座っていた。彼女の長い後ろ髪は、今、ヘアゴムで六本の束に分けられている。僕はつい先ほど、そのヘンテコな姿の紫陽から、髪を切るようにお願いされたところだった。

「こういうのは、プロに頼んだほうがいい」

「悠にやってほしいの」

僕は覚悟を決めて、すき鋏の刃のあいだに、紫陽の髪束の一つを通した。それから、鋏の刃を閉じる。

力をこめる必要はなかった。髪束は音もなく床に落ちた。一つの命を奪ってしまったような、取り返しのつかない感覚。

「その調子であと五回、お願いします」

僕は紫陽に言われるがまま、残りの五束を切り落とした。

「どうして、こんなことを」

「変？」

紫陽は頭を振って髪を整え、僕を見た。

「いや、『アメリ』みたいだ」

ボブスタイルとなった紫陽は、昨日二人で観たフランス映画の主人公にそっくりだった。

紫陽は床に落ちた髪束を一つずつ拾い上げ、チャック付きのポリ袋に入れた。

「その髪、どうするんだ?」

「寄付する」

「誰に?」

「髪の生えない子供たちに」

僕は笑顔を引っこめた。

「世の中には、遺伝子の異常で生まれつき髪の生えない子供たちがいるって知ってる? ヘアドネーションっていって、そんな子供たちのためにたくさんの人から髪の毛を集めて、そこからウィッグを作ってプレゼントするの」

「きみは、前からその取り組みに協力していたの?」

「今回が初めて。お父さんからはずっと許可を得られなかったから」

「おい、同意を取ってなかったのか?」

「今は私たち二人きりでしょ? チャンス到来」

紫陽はあっけらかんとしていた。

「明後日には、また京一さんと病院に行くんだろ？　きみの姿を見たら卒倒するんじゃないか？」

「まあ、なんとかなるでしょ」

紫陽は気にする素振りも見せず、鏡を見ながら鋏で髪を整えはじめた。

「どうして見ず知らずの子供たちに、そこまでするんだ？」

僕が尋ねると、紫陽は考える様子を見せた。

「んん、なんでかな……。抗ってほしいのかも」

「何に？」

「遺伝子に」

紫陽はそう言って小さく笑った。

「それに、自分の体の一部が誰かの役に立つのは、悪くない気分だよ」

「だけど……」

「納得できない？」

紫陽は不思議そうに首を傾げ、僕を見た。

「いや、きみの長い黒髪は……きれいだったから」

紫陽は嬉《うれ》しそうに笑った。

「だったら、なおさらだね。この美しい黒髪を私が独り占めするなんて、もったいないでしょ」

7　七瀬悠／現在

夜の研究室。

僕と唯はコーヒーを飲みながら、静かにDNAの解析を待っていた。

午後十時を過ぎたころ、解析が完了した。

石見崎宅に残された毛髪のDNAは、仙波佳代子のものと一致した。

「仙波佳代子が、石見崎先生の亡くなった日か、その前日あたりに訪れていたのは間違いない」

「でも、どうしましょう？　仙波さんが、私たちと話をしてくれるとは思えませんけど」

「それは……」

疲労と眠気で頭が働かない。

「明日考える。今日はもう帰ろう。送るよ」

「別に、送っていただかなくても大丈夫ですよ？　私の家、ここから近いですし」

「そんなわけにはいかないよ」

唯の家は二つ隣の駅にあるとのことだった。車で彼女を送り届けることにした。

車中では、さすがの唯も疲れたようで口数が少なかった。窓の外の代わり映えしない街並みを静かに眺めている。

「すみません、ここで大丈夫です」

『石見崎』の表札が掲げられた門の前で、僕は車を停めた。北米スタイルの大きな家がそこにあった。降り際に、唯が振り返った。

「今日は、色々とありがとうございました」

「お礼を言うのは、僕のほうさ」

唯は少しの沈黙のあと、再び口を開いた。

「……私、嬉しかったですよ」

「何が？」

「悠さんが協力してくれて。私……ずっと一人でしたから」

「僕もだよ」

唯は柔らかな笑みを見せた。

「また明日」

「ああ」

家の門の前に立つ唯に見送られながら、僕は車を発進させた。

しばらくして、交差点の赤信号で停車する。ぼんやりと運転席の窓に目をやると、反射する自分の顔と目が合った。

呆れるくらい、気の抜けた表情をしていた。こんな自分を見たのは、いつぶりだろう。

信号が青に変わる。僕はアクセルを踏んだ。

自宅のアパートに到着し、駐車場に乗り入れる間際だった。一瞬、ヘッドライトが一人の男の影を照らした。時刻は十一時を回っている。不吉な胸騒ぎがした。

エンジンを切り、車を降りる。影のあったほうを確認するが、誰もいない。足早にアパートに戻ろうとしたときだった。

「こんばんは」

車の陰から突然、男が現れた。

「悪いねぇ。びっくりした？　ちょっとお話できないかな」

男が名刺を差し出す。東邦ジャーナルの記者、平間孝之と印字してある。暗くて気づかなかったが、よく見ると、そのツーブロックの金髪と、ネイビーのアロハシャツ、左腕にはめたイエローゴールドの腕時計に覚えがあった。仙波佳代子の講演会にいた男だ。

「七瀬悠くん、だね？　日江製薬の取締役、七瀬京一さんのご子息の」

「どうして僕を？」

平間は自分の耳を指さした。

「地獄耳なんだ。デビルイヤー。あ、これ今の子じゃわかんねえか」

平間は陽気さを演出するように不自然に笑った。

僕は思い返し、そして察した。この男は僕と仙波佳代子の会話を盗み聞きしていたのだ。

「どうしてこの場所が？」

「つけてきた」

平間は悪びれる様子も見せずに応えた。

「僕に何か用が？」

「きみに情報を提供したい」

「なんの情報ですか？」

「その前に」

平間は片眉を上げげた。

「今日、仙波佳代子に詰め寄っていた理由を教えてくれないかな？」

なんなんだ、こいつは。

僕は少し迷ったあげく、適当に誤魔化すことにした。今日の職員の言葉をいただく。

「先生に取り入ろうとしただけです。あの人に認められれば、研究者としてのキャリアに箔《はく》がつきますから」

「ははん、必死なわけだ。学者の卵も大変だね」

男はあっさりと頷いた。

「それで、情報というのは？」

「仙波佳代子について」

平間はしたり顔で応えた。

「具体的には？」

「あの女の住所、電話番号、家族構成などなど」

「そんなものに興味があると？　僕はストーカーじゃない」

「でも、必要としている。違うかい？」

図星だった。仙波が石見崎の死に何かしら関わっている事実は間違いない。が、彼女をこれ以上、問い詰めるすべは見当たらなかった。

「俺はね、職業柄、相手の欲しい情報を見抜くことができんのよ」

「それで、見返りは？」

　僕が尋ねると、平間はわざとらしく驚いた顔を見せた。

「若いのに立派だねぇ。話が早くて助かるよ。今時の若いやつは『対価を払う』っていう当然の発想がないんだ。実はそうなんだ。俺はきみの親父さんについての情報が欲しい」

「僕が父親を売ると？」

「『売る』なんて人聞きが悪いね。これはちょっとしたインタビューだよ」

「父の何が知りたいんですか？」

「例えば、現住所と連絡先。それと……あと、気になることをいくつか。もちろん、悪いことには利用しない。きみの親父さんにちょっとお話をうかがいたいんだ」

「父に何を聞きたいんですか？」

　僕が尋ねると、平間は胸ポケットから煙草を取り出し、それを僕に差し向けた。僕が断ると、平間は自分の分に火を点けた。

「俺はね、きみの親父さんの会社……日江製薬に巨大なスキャンダルがあると踏んでる」

「スキャンダル？　どんな？」

「調査中」

　平間は口から煙を吐き出した。

「だが、確実に言えることがある。最近、日江製薬と過去に関係のあった奴や、俺みたいに嗅ぎまわろうとする奴らが、次々と消されてる」

石見崎の姿がフラッシュバックする。

「それに、父が関与を？」

平間は意外そうな顔をした。

「ずいぶんとすんなり話を受け入れるな。てっきり、鼻で笑われるものかと」

僕は何も答えなかった。

「きみの親父さんが関係しているかはわからない。だが、何かを知っているのは確かだ」

「一介の企業に、そんな大それたおこないができるとは思いませんけど」

「そこだよ」

平間は煙草を持つ指で僕を差した。

「俺は、樹木の会が関係していると見てる」

「樹木の会？」

予想外の言葉だった。

「さすがに、その存在は知ってるだろ？　日本国民なら、誰もが知ってる名だ」

「全然、話が見えません。どうして樹木の会が――」

僕の問いかけを、平間は手で制した。

「『ここから先の記事は有料会員限定です』だ」

平間は深々と煙草を吸った。

「どうする？　父親の住所と連絡先だけで、きみは愛しの老婆にアプローチするすべを得る」

「……どうして、あなたが仙波佳代子の個人情報を持っているんですか？」

平間は顎を引いた。

「よくばりだねぇ、きみも」

「どうなんです？」

平間はもったいぶるような表情を浮かべたのち、口を開いた。

「まあ、このくらいは教えてもいいか。実はな、俺も知らないんだ」

「どういう意味ですか？」

「詳しくは言えないが、俺も知り合いの記者の取材情報を引き継いだだけなんだよ。理由はわからないが、なぜか仙波佳代子の身辺情報がそこにあった。事細かにな」

「父についても同様ですか？」

「いいや、彼については乏しかった。だが、その知り合いの記者が最後に撮影した写真に、きみの親父さんが写っていた。で、気になって調べてみると、きみの親父さんは九年前から不審な動きをしているようでね」

「不審な動き？」

「例えば、突然、日江市に居を移した」

「僕の母と結婚したからです」

「七瀬楓《かえで》さんだね。樹木の会の信者だった。あの二人はどういう経緯で知り合って結ばれたんだ？」

「それは僕も知りません。若いころからの知り合いだったとしか」

「親父さんがわざわざ日江市に引っ越した理由については？　勤務地は東京の一等地で、もともと住んでいた家も赤坂《あかさか》だったんだぜ」

「それは……紫陽のためだと。彼女の生活環境を変えたかったからだって、前に話していました」

「シハル？　誰だ、それは？」

失敗した、と僕は思った。母のことを調べているのなら、てっきり娘のことも調査済みだと思っていた。

「娘ですよ。京一さんの」

「娘がいるのか？　七瀬京一に？　今はどこに？」

「行方不明です。四年前から」

「そのシハルちゃんの名前は、どういう字を書くんだ？」

僕が説明すると、平間はメモ帳を開いて名前を記した。

「俺のほうでも調べておくよ。何かわかるかもしれない。もちろん、わかったところで、タダで教えるつもりは毛頭ない」

紫陽の情報を引き合いに出されたら、僕に選択肢はない。

「……わかりました。父の住所と連絡先を教えます」

「よしよし」

平間は満足そうに頷いた。

「でも、父の所在は保証できませんよ。あの人が普段どういった生活を送っているのか、僕にもわからない」

「構わない」

僕は平間に促されるまま、メッセージアプリの連絡先を交換した。

「あとで仙波の情報をまとめたＺＩＰファイルを送る」

平間は去り際に振り返り、念を押すように言った。

「いいな？　これからは、俺たちはパートナーだ。何かあったら連絡しろよ」

そう言い残し、平間は闇に消えた。

第四章

1　七瀬悠／八年前

七月の初め、母の葬儀が執りおこなわれた。その日は強い雨風に見舞われていた。無事に葬儀を終えたのち、僕は一人で山城美術館に向かった。僕は紫陽を捜していた。どういうわけか、彼女は葬儀の途中から姿が見えなくなっていた。

美術館の扉を開ける。二階から映画のサウンドが漏れ聞こえてきた。上がると、明かりの消えた寝室に紫陽がいた。いつものひじ掛け椅子に腰かけている。

天蓋のヴェールに、白衣を着たロビン・ウィリアムズが映しだされていた。

「『レナードの朝』か」

「正解」

紫陽は黒のワンピースを着たまま、気だるげにスクリーンを眺めている。その恰好には、普段にはない妖艶さがあった。

「ごめんね。悠にとってはつらい日なのに、途中でいなくなっちゃって」

「いいよ、別に」

僕はもう一つの椅子に座った。

「悲しくもあるけど……清々《すがすが》しい気持ちのほうが強くてね」

だらりと下がった紫陽の手に、木製の何かが握られているのが見えた。僕の視線に気づくと、彼女はそれを僕に手渡した。

「楓さんからもらったの。亡くなる少し前に」

それは短刀だった。鞘《さや》を抜くと、十五センチメートルほどの刃があらわになった。乱反射するその刃には〝楚楚《そそ》〟と彫られている。

「樹木の会から購入したって」

「どうして、これを紫陽に？」

「身を守るため、って」

「何から？」

「ミノタウロス」

「えっと、それは……下の絵の？」

「そう。つまりそれは、テセウスの短剣ってこと」

「テセ……何？」

「ギリシャ神話の英雄テセウス。彼は王の娘アリアドネからもらった短剣で、迷宮の怪物ミノタウロスを討伐《とうばつ》したの。……それと、楓さんからはこれも受け取った」

紫陽は床に置かれた黒のハンドバッグから、二通の白い封筒を取り出した。そのうち一つの表書きには『悠へ』とある。

僕は封筒から便箋《びんせん》を取り出した。開くと、そこには一文だけ記してあった。

『私の骨は、この地の根となり、ただただ、息子であるあなたの幸福を祈りつづけます』

結局、母は死ぬまで信仰を捨てなかったらしい。

思うところはたくさんあった。でも少なくとも、その信仰のおかげで、死の間際まで息子の幸福を願うことができていたわけだ。

「紫陽への手紙には、なんて書いてあったの？」

紫陽は小さく息を吐いた。

「教えない」

紫陽は視線を落とした。スクリーンに照らされたその表情には、どこか陰りがあった。

「……お父さんが、来月には東京に戻るって」

「えっ？」

「私も一緒に来るように言われてる」

何かを言おうとして、僕はぐっと言葉を呑みこんだ。

「勝手だよね」

「いや……当然だよ。母さんがいないのに、京一さんがこの町に留まる理由はない。ただでさえ多忙なのに」

そもそも京一が母と結婚したこと自体が不可思議だった。京一は常日頃から忙しく、家にはほとんど帰らない。家にいたとしても、二人が仲睦《なかむつ》まじく話す様子を見た記憶がなく、もちろん一家団欒《だんらん》などもなかった。まるでビジネス・パートナーのような間柄だった。

二人に結婚の理由を尋ねたこともあったが、『昔の縁で』とだけしか返ってこなかった。

「冷たいと思わない？」

「そんなことないよ。むしろ、京一さんには感謝しかない。ほとんど他人だった僕の学費まで用意してくれて、生活の援助もしてくれてるんだ」

まるで誰かが僕の口で勝手にしゃべっているかのようだった。

「悠も、一緒に来るでしょ」

「僕は……この町に残るよ」

「どうして？」

「これ以上、京一さんに迷惑はかけられない」

二人とも、口をつぐんだ。

紫陽はスクリーンに目を向けたままだった。何かをこらえるように口元に指を当てている。

僕の視線は、彼女の横顔とスクリーンを行き来した。我ながら、本当に間抜けな姿だったと思う。でも、どう言葉を投げていいのかわからなかった。

僕は、紫陽が好きだった。

『人として』だとか『家族として』じゃない。一人の女性として、心の底から愛していた。どれだけ頭で否定しようとも、それが真実だった。

でも、僕たちは兄妹だ。血はつながっていなくとも、そんな思いを伝えるべきじゃない。

外では雨が激しさを増していった。

映画が終盤に差しかかる。エンドロールに移るのを待たず、紫陽は突然立ち上がった。

「紫陽――」

彼女は黙って部屋を出ていった。

階段を足早に降りる音。

僕は部屋のカーテンを開け、窓の外を見た。激しい雨に叩かれる山城の頂。紫陽が洋館から飛び出し、そこにそびえる楠の陰に消えていった。

――いったい、僕は何をやってるんだ？

僕は寝室を飛び出した。階段を駆け降り、外に出る。

冷たい雨が額を打つ。僕は紫陽を追いかけた。

「紫陽！」

去りつつあった彼女の手を掴み、抱き寄せる。

「行ってほしくない」

僕は彼女の濡れた髪に顔を押しつけた。必死だった。ふと力を緩めたら、その体温さえも消えてしまいそうな気がした。

僕は紫陽を洋館の中へ引きこみ、その細い手首を掴んで寝室に戻った。

「紫陽、僕を見て」

けれど、彼女は僕の目を見ようとしなかった。その伏せた目には、涙が溜まっている。彼女が泣くのを、僕はそのとき初めて見た。

「二人で一緒に住もう、この町で」

「でも、父は」

「僕が説得する。学校を辞めて、働いたっていい」

スクリーンにはエンドロールが流れていた。

「きみが好きだ」

紫陽が視線を上げた。

鮮やかな、茶色の瞳。

僕は彼女を抱きしめた。彼女のぬくもりが伝わる。甘い吐息が首筋にかかった。

「初めて会ったときから、好きだった」

「私も」

不意に、紫陽の唇が僕のそれと触れ合った。その感触を実感する間もなく、彼女は僕をエンドロールの投射されたヴェールの向こう側へと押しこんだ。

ベッドの上に倒れこむ。舞い上がった埃が、プロジェクターの光に当てられてキラキラと輝いた。

僕は震える手で、彼女の濡れた喪服を脱がしていった。あらわになった彼女の透き通る素肌に、クレジットタイトルがゆっくりと這《は》っていく。

僕は彼女の眼差しを探した。彼女は微笑みを浮べると、僕の髪を撫で、もう一度キスをした。

強まる雨音と、スピーカーから流れる柔らかな音色が、あの瞬間の僕たちを世界から隔絶してくれた。

母の葬儀の日、あの寝室、あのヴェールの内側で過ごした幻想的な夜を、僕は永遠に生きることになる。

あの日、あの雨の中、紫陽を追っていなければ、僕のその先の人生はまったく違うものになっていただろう。ぬるい幸せと不幸を繰り返しながら、ありふれた日々を享《きょう》受《じゅ》できていたはずだった。

でも、それはもう叶わない。僕が彼女の手を取り、抱き寄せたその瞬間から、知らず知らずのうちに、迷宮に足を踏み入れていたのだ。

怪物の潜む、呪われた迷宮に。

2　七瀬悠／現在

僕は眠っていて、今まさに目覚めようとしている。それを自覚する。そんなことがよくあった。そのたびに、僕は胸から腹までをナイフで裂かれた気分になる。

紫陽は、もういない。

その残酷な事実を突きつけられる。

目を開けると、ベランダの窓から鋼色《はがね》の日の光が差しこんでいた。滲んでいる。僕は泣いていた。

ベッド代わりのソファから起き上がり、洗面台に向かう。ミラーキャビネットを開け、錠剤の入った包装を取り出す。そこから二錠を指で押し出し、口の中に投げ入れる。

もう何度、こうやって自分自身を誤魔化してきただろうか。

居間に戻り、スマートフォンを確認する。時刻は午前九時三十二分。昨夜は平間と別れたあと、彼から受け取った仙波佳代子のデータを確認していた。眠りについたのは午前三時過ぎ。六時間近く寝ていたわけだ。ここ最近では最長記録かもしれない。

ちょうどそのとき、着信が入った。発信者は〝古川医師〟。僕のカウンセラーだ。用件は容易に想像できる。次回のカウンセリング予約の催促だ。

僕は電話を無視した。今は、仙波佳代子の調査に集中しなければならない。

そのとき、玄関のチャイムが鳴った。こんなときに限って立て続けに邪魔が入る。

僕はため息をついて、玄関に向かった。

扉を開けると、黒縁眼鏡の少女が顔を出した。

「来ちゃいました」

僕はもう一度ため息をついた。

「唯……どうしてここに？」

「研究室で待っていたんですけど、悠さんがいらっしゃらないから心配で」

「ご心配どうも」

「中に入っても？」

三度目のため息をこらえ、僕は笑みを作って扉を大きく開けた。

「どうぞ、歓迎いたします」

「よかった、昨日より笑顔が増えましたね。まだちょっと皮肉っぽいですが」

「皮肉だからね」

僕は唯を招き入れ、居間に通した。居間といっても、1Kのため寝室も兼ねている。部屋は脱ぎ捨てた衣服などが転がっていたが、気にしなかった。唯に対して体裁を整えるつもりはない。

唯は昨日と同じ純白のカーディガンを着ていた。興味津々《しんしん》な様子で部屋を見回している。

「コメントがあればどうぞ」

僕が言うと、唯は言葉を選ぶ様子を見せた。

「まあ、刑務所よりは居心地がよさそうですね」

実際、六畳一間にソファベッドと丸テーブル、それと小さなテレビとノートパソコンがあるだけなので、その評価は甘んじて受けることにした。

「それより」

唯は首を傾げて僕の顔を観察した。

「大丈夫ですか？　悠さん、電源の切れたペッパーくんみたいな顔してますけど」

「電源が入ったばかりでね。立ち上がりに時間がかかるんだ」

「みたいですね。それで、今日はどうしましょう」

唯はソファの端にそっと座った。

「仙波佳代子を探る」

「でも、手立てがないのでは？」

「情報提供があった」

僕はノートパソコンを立ち上げた。平間から送られてきたエクセルファイルを開き、画面を唯に見せる。

「これは……？」

「仙波佳代子の情報だ」

そのエクセルファイルはよくまとめられていた。現住所はもちろんのこと、仙波佳代子の経歴や家族構成もあった。

「昨日、きみと別れたあとで、平間っていう記者が現れたんだ」

それから、僕は唯に平間とのやりとりを簡単に説明した。

唯は露骨に眉をひそめた。

「その男、胡散《うさん》臭いですね。知り合いでもないのに、夜にいきなり話しかけてくるなんて」

僕は突っ込まなかった。

「とにかく、情報は信用できそうだ」

「問題はそれをどう活《い》かすか、ですけど……」

その通りだった。だが、すでに僕にはプランがあった。

「仙波佳代子の家に行く」

「それで？」

「家の中を調べる。石見崎先生や真理さんにつながる手がかりを探りだすんだ」

もちろん、紫陽につながる手がかりも。

仙波佳代子の住まいは、立川《たちかわ》市にある新興住宅地だった。僕と唯は車でそこに向かうことにした。

僕の自宅から、首都高速を利用して一時間半ほど。その間、唯は僕のノートパソコンで平間から受け取ったデータの中身を確認していた。

高速道路を降り、丘陵地の奥まったところへ向かっていく。次第に周囲には緑が増えはじめ、都会の喧騒からは一線を画したさわやかな街並みが広がっていった。通りには落ち着いた色の新築住宅が連なっており、仙波佳代子の住む家はそのうちの一つとのことだった。

「あれですね」

唯が指し示したのは、周囲の住宅よりも一回り広い敷地を持つ、黒を基調とした和モダンな邸宅だった。庭は白い塀で囲われ、外からは立派な松の木が覗ける。

「仙波佳代子は、ここで息子夫婦とともに暮らしている。今年小学校に上がったばかりの孫も一緒だ」

「まあやはりというか、忍びこめそうもないですね」

「もとより、不法侵入する気なんかさらさらないよ」

「じゃあ計画通り、まずは張りこみですね。でも、ここからじゃ目立つでしょう」

「そうだな、いくつか目星はつけているけど……」

運転席から顔を出し、あたりを見回す。

「この通りの角に車を停めよう。そこからなら門の出入口を抑えられるし、怪しまれてもすぐに逃げられる」

車を移動させ、仙波の家から数十メートル離れた道路の路肩でエンジンを切った。

「でも、張りこんで得られる成果なんてありますかね？　景気づけにあんパンは買ってきましたけど」

「しばらくは様子を見るほかない。考えはある」

少しして、一台のセダンが通りに入ってきた。目で追っていると、そのまま減速し、仙波邸の前で停まった。僕はすかさずスマートフォンで撮影する。

セダンから、背広を着た男が出てきた。

背広の男は、仙波邸のインターホンを押した。だが、仙波家は応答しないようだった。

「不在なんですかね？」

唯は早くもあんパンに手をつけていた。

「いや、ガレージに車が残っていた。たぶん居留守だな」

男はしばらく門の前で待っていたが、痺れを切らしたように車に戻って去っていった。

「セールスですかね」

「かもな」

それから、しばらくのあいだ、仙波宅に訪れる者も、出る者もいなかった。僕と唯は、交代で近くのコンビニで用を足したり飲食物を買ってきたりした。それ以外の時間、唯はコンビニで購入してきた『実録‼　ホントにあった都市伝説』というコンビニコミックを読み、僕は平間のファイルに目を通していた。

「やっぱり、刑事ドラマみたいにはうまくいきませんね」

張りこみから三時間ほど経過したころだった。案の定、唯がぼやきはじめた。

「しりとりとかします？」

「僕はパス」

そんなやり取りをしていると、通りの向こうからランドセルを背負った少年が歩いてきた。少年はそのまま、仙波邸の門を潜《くぐ》っていった。

「今の男の子、圭太くんですかね？　仙波佳代子の孫の」

「だろうね。講演会で見た写真よりも背丈が伸びていたけど、間違いない」

それから目立った動きもなく、時刻は夜の八時を回った。

「あ、悠さん」

唯が僕の肩を揺らす。見ると、再び自動車が仙波邸の前に停まっていた。シルバーの高級セダンだ。ガレージのシャッターが上がる。僕はその様子を携帯で撮影した。

「仙波佳代子の息子、潤平《じゅんぺい》だな。職場から帰ってきたらしい」

「確か、法律事務所に勤務してるんですよね」

「うん。両親はどちらも科学者だったけど、潤平は別の道を進んだみたいだ」

セダンがガレージの奥に消えてゆくのを見届けると、唯は後部座席にコミックを置いて背伸びをした。

「両親といえば、仙波佳代子の旦那さん、耕太郎《こうたろう》って人は昨年に亡くなっているんですよね」

「膵臓癌《すいぞうがん》だ。死因に怪しい点はない。夫婦仲も良好だったとある」

仙波耕太郎は、著名な植物学者だった。六十五歳の定年を迎えるまで、大学で教鞭を執っていた。仙波佳代子ほどの知名度はないが、朗《ほが》らかな性格で、彼を慕う学生は多かったらしい。

「とにかく、今日わかったことといえば……」

唯はあくびを挟んで続ける。

「あの家に入りこむ余地はなさそうってことですね」

「いや」

僕はノートパソコンに目を落とした。

「客人として招き入れてもらう」

「何か策が？」

「仙波耕太郎の教え子の振りをする。例えば『線香をあげにきた』とか理由をつければ、入れるかと思うんだ」

「でも、私たちは仙波佳代子に顔バレしてるじゃないですか」

「彼女が不在の合間を見計らう。明日の彼女の予定を見る限り、また別の大学で講演会があるらしい」

「仙波佳代子が外出するなら、それこそ、あの人の動向を知るチャンスでは？」

「仙波佳代子の追跡はきみに任せたい」

「私が？」

唯はいかにもな〝困り顔〟の顔文字フェイスを見せる。

「運転できる？」

「一応。ペーパーですけど」

「ならよかった」

運転できないのであれば、役割を交換するつもりだった。だが、仙波宅の調査は法を犯す可能性がある。できることなら、唯にそんなリスクを背負わせたくはなかった。

「ですが、あまり期待しないでくださいよ？」

「わかってる。本命はあくまで僕のほうだ。それと、もちろん仙波佳代子が徒歩で出かけたりしたら、そのときはこの車を置いていっていい」

唯は諦めたように肩をすくめた。

「おーけーです」

「悪いね」

「仕方ないですけど、確かに家に招かれるなら、悠さんのほうが適任です。まあ、仙波佳代子に加え、息子の仙波潤平も不在になることが前提ですが」

そう、僕自身でそこに言及するのは憚《はばか》られたが、唯の言う通りだった。

「スマイルも必須ですよ」

「わかってる」

「それと、身だしなみ」

僕は自分の服装を見た。ジーンズにチェックのシャツ。まあ及第点だ。

「じゃなくて、シャワーも浴びずにお邪魔するつもりですか？」

「別に、一日くらいどうってことない」

唯が呆れた様子でスマートフォンを取り出した。

「ホテルを取りましょう」

「今から？」

「このあたりなら観光地でもないですし、どこかしら空いているはずですよ。ほら、ここことかどうです？」

唯がスマートフォンの検索画面を見せる。ここから歩いて二十分ほどのところに、ビジネスホテルがあった。

「唯はどうするんだ？」

「私はここに残ります。誰かが見張ってなければいけませんし」

「ここで一人で夜を過ごすのか？　危険だ」

唯は鼻で笑った。

「心配無用です。ロックはかけますし、何かあったら連絡しますから」

踏ん切りがつかずにいると、唯が疑うような視線を浴びせてきた。

「まだ私が信用できませんか？」

「いや、そうじゃない。ただ心配なんだ。それに、僕だけホテルに泊まるっていうのも」

僕は少し考え、決めた。

「わかった。じゃあ、公平に、まずはきみがホテルに泊まって、仮眠を取ってくれ。それから夜中の三時とか四時くらいにここでバトンタッチしよう」

「承知です」


翌朝、ビジネスホテルの一室で目覚めた。朝の七時を回っていた。結局、昨日は唯と交代するまで異変はなかった。

僕は薬を飲んだあと、早速、唯に電話をかけた。

〈こちらは特に異常ありません〉

唯の眠たげな声が聞こえた。

〈なんだか、こうしていると、昔観た映画を思い出します。足を怪我《けが》して動けない男が、自宅の裏庭から近隣の住民たちを観察するんですよ。タイトルは忘れちゃいましたけど〉

「『裏窓』だな。ヒッチコックの」

〈すごい、よくわかりましたね〉

「まあね。少ししたら、そっちに行く」

〈ゆっくりでいいですよ。その代わり、欲しいもののリストを送るんで、買ってきてください。あと、ちゃんとシャワーも浴びて〉

ホテルで朝食を取り終えたあと、僕は仙波邸に電話をかけた。

「もしもし、朝早くにすみません。仙波様のお宅でしょうか？」

〈はい、どちらさまでしょう〉

女性の声だった。声の若々しさからして、仙波佳代子のものではない。仙波潤平の妻、仙波友江《ともえ》のものだろう。当たりだ。

「私、大学で仙波耕太郎先生の研究室に所属していた井上卓也《いのうえたくや》と申します」

井上卓也とは、実際に仙波耕太郎の研究室に所属していた学生の名だ。ネットで論文を検索した際に仙波耕太郎の共著にあった名でもある。賭けではあったが、井上が院生として研究室に所属していたのは八年前。よほど懇意にしていなければ、友江に本人かどうかの区別はつかないだろう。

〈井上さん、ですね。確か、以前に義父《ちち》からお名前を耳にした記憶があります。とても勤勉な学生だったとか〉

「先生がご健在のころには、それはもう、大変お世話になりまして」

こんな口調には慣れていない。背にうっすらと冷や汗をかく。

「そこで、無理を言って恐縮なのですが、本日たまたま先生のお宅の近くにうかがう用がございまして、よろしければ先生にお線香をあげさせていただけないでしょうか？　しばらくこの町に滞在しますので、ご都合が悪ければ別の日でもいいのですが」

〈日中でしたら大丈夫ですが……ただ〉

「ただ？」

〈いえ、義母《はは》の佳代子は朝から不在となりますが、よろしいですか？〉

願ってもないことだ。が、友江の言い方が気になった。

〈いえね、うちに訪れる方のほとんどが、義母と話をしたいがために来られるものですから〉

なるほど、と僕は思った。仙波佳代子の講演会で彼女についていた職員が言っていた通り、仙波耕太郎の死をだしにしてでも、佳代子に自身をアピールしたい人間が多いのだろう。僕はそんな輩《やから》に輪をかけて悪質だが。

「お心遣いありがとうございます。ですが、お構いなく。では、のちほどうかがわせていただきます」

ホテルをチェックアウトしたあと、駅ビル内のショッピング・センターで手土産《みやげ》になりそうな菓子折りと贈答用のさくらんぼを購入した。その足で、途中のコンビニに寄りつつ、唯の欲しいものリストに記載の品――サンドイッチ（タマゴとツナが入ってるやつ）、紙パックのミルクティー（四五〇ミリリットル）、グミ（ソーダ味、硬め）、適当な漫画雑誌（できればホラー系）――を調達し、唯が張りこんでいる車に向かった。

「おぉはようございます」

ロックを解除してもらい、車のドアを開けると、唯は大あくびしながら僕を迎えた。

「仙波佳代子の動きはありません」

唯は眠たげではあったが、あまり疲れていない様子だった。

僕は調達品を唯に手渡し、助手席に座った。

「ほかの人は？」

「息子の潤平がゴルフバッグを持って友人たちと出かけていったくらいですね」

それは朗報だ。

「ほかは特に……おっと」

通りに入ってきた一台のタクシーが、ハザードランプを点滅させて仙波邸の前で停車した。タクシーの運転手が車から降り、インターホンを押す。しばらくして門から仙波佳代子が出てきた。今日も、高級そうな紺の和服を身にまとっている。

「出てきましたね」

「よし、じゃあ唯はあのタクシーを追ってくれ。くれぐれも無理はしないように。講演会場はわかってるわけだから」

唯はエンジンをかけた。

「車ぶつけたらすみません」

「きみが怪我しなければいいよ」

「了解です。悠さんこそ、気をつけて」

助手席から降りる間際、唯が僕を指さした。

「悠さん、スマイルですよ」

「これでいいか？」

僕は唯に笑ってみせた。

すると、唯の表情が固まった。

「だめか」

「いや、そうじゃなく。……ちょっと油断してました」

「どういう意味？」

「ばっちし、ってことです」

タクシーが発車する。唯は僕に小さく手を振ると、車を発進させた。

残された僕は、十分ほど待ってから仙波邸のインターホンを押した。

〈はい〉

今朝の電話口から聞こえた声と同じだった。仙波友江だ。

「井上です。仙波耕太郎先生にお線香をあげに参りました」

〈はいはい、ちょっと待っててくださいね〉

すると、門の扉が自動でスライドした。家屋は和風でありながらも、近代的な豪邸らしいスタイリッシュさを感じさせる。

門を潜ると、白玉砂利の敷かれた庭の中に、飛石がくねくねと曲がりながら玄関まで続いていた。僕が玄関前に着く前に、家の中から丸顔の女性が顔を出した。平間のUSBメモリに保存されていた画像に写っていた女性だ。

仙波友江、三十二歳。以前は夫と同じ法律事務所に庶務担当として勤務していたが、出産を機に退職。昨年までは専業主婦だったが、息子の圭太が小学校に入学したのを機に、パートタイムで元いた法律事務所に復職している。土曜の今日は休みのはずだ。

仙波友江は、ゆったりとした抹茶色のワンピースを着て、僕に軽く会釈をした。

僕は頭を下げつつ、唯のアドバイスを忠実に守り、渾身《こんしん》の笑みを浮かべた。

「井上です。本日はお休みのところ申し訳ございません」

友江の顔がほころんだ。効果あり。

「若いのに偉いのね。どうぞ上がって」

「お邪魔します。こちら、よろしければどうぞお受け取りください」

僕が菓子折りとさくらんぼを手渡すと、友江の顔がパッと輝いた。

「あら、いいのに。圭太！　ちょっとおいで！」

友江は振り返って二階に向かって呼びかけた。しばらくして、携帯ゲーム機を片手に少年が階段を降りてきた。

「圭太、こちら井上さんよ。ご挨拶しなさい。昔、お祖父ちゃんから勉強を教わっていた人。お祖父ちゃんに挨拶しにきてくれたの」

「お祖父ちゃん、もう死んだよ？」

圭太は僕を見ずに母を見上げた。

「死んじゃっても、まだ声は聞こえるの。ほら、井上さんからさくらんぼもらったのよ。お礼言いなさい」

「ありがとうございます」

圭太は僕と目を合わせずに頭を小さく下げると、リビングに入っていった。友江は呆れたようにため息をつく。

「ごめんなさいね。あの子、人見知りで」

「いえいえ。僕も昔はあんな感じでしたから」

友江は僕を家の中に案内した。家の中は古都の料亭のような雰囲気で、洗練された荘厳さがあった。リビングにはガラス窓に囲われた坪庭がある。前庭と同じ白石が敷かれ、中央にはモミジの木が植えてあった。

「素敵なおうちですね」

お世辞ではなく、そう思った。

「二年前に建てたばかりなの。私も主人も、坪庭に憧れていて。でもまあ、想像以上に手入れが大変で参ってるの」

そう言いつつも、友江は満更でもなさそうだった。

「内装は、仙波佳代子先生も一緒にお考えに？」

なんの気なしに尋ねたが、友江は含みのある笑みを浮かべた。

「いえ、あの人は……あんまり興味がなかったみたいなの。『勝手にしなさい』って感じよ。結構、冷めてるでしょ？」

「意外です。講演会でお孫さんについてお話ししていた際は、幸せそうに笑っていたのに」

「義母の講演会に？　研究分野は違うでしょ？」

「いえ、たまたま、見る機会があったんです。耕太郎先生の奥様ですし」

しまった。

「そうなのね」

友江は特に気にしていないようだった。

「義母はね、圭太に対してだけは笑みを見せるの。実の息子の潤平ですら『あんなお母さんは見たことない』って驚いてた。圭太が生まれる以前は、もう本当に厳しい人で。第一線で働いていたころは研究ばかりでほとんど家にも帰らなかったみたい」

仏間に通され、僕は仙波耕太郎の遺影が置かれた仏壇に線香をあげた。それを終えると、リビングのソファに座らされた。

「紅茶でいいかしら？」

「すみません、お構いなく」

「いいのよ、気にしないで。まだ時間があるなら、ゆっくりしていきなさいよ」

僕は友江からの厚意にあずかり、紅茶を受け取った。

それから少しのあいだ、友江と当たり障りのない会話を交わした。主には仙波教授との研究室での思い出話（石見崎先生と置き換えて話した）や、僕のプライベート、あとは友江の趣味や仕事についてだ。その間、僕はスマイルを絶やさなかった。

普段は話し相手がいないのか、友江は初対面の僕になんでも話した。

「いつもはこんなにおしゃべりしたりしないのよ。でも井上くんって、なんだかすごく話しやすいわ。女の子にモテるでしょ」

「あはは、そんなことはないですよ」

話しつつ、僕は壁に掛かった時計にちらりと目をやった。あまり長居はできない。行動に移さなければならない。

「すみません、よかったら耕太郎先生の書斎を見せていただけないでしょうか」

友江は目を丸くした。

「いいけど、どうして？」

「以前、先生が得意げに話していた植物標本がずっと気になってて」

仙波耕太郎の趣味が植物標本の作製であることは、勤務先の大学のインタビュー記事から把握していた。

友江は思い出したかのように大きく頷いた。

「あったわね、そんなの。でも、書斎はないのよ。ほら、この家を建てたころは、もう義父も調子が悪かったし。でも捨てたりはしてないから……きっと、義母の部屋にあるわ。ついてきて」

仙波佳代子の書斎は、リビングから見える坪庭の向かい側に位置していた。

「本当は勝手に入ると怒られちゃうから、内緒ね」

友江はいたずらっぽく笑いながら部屋の扉を開けた。

書斎は奥行きのある十畳ほどの部屋で、右手の壁にはぎっしりと詰まった本棚が設置されている。左から奥までの壁際は掘りごたつとなっていた。窓際には露草の一輪挿しが飾られており、部屋全体に侘《わび》しい雰囲気を与えている。その一方で、部屋の角には無骨な黒のデスクトップパソコンが置かれていた。

友江は右手の本棚を端から順に眺めていった。すると早い段階で、「これよ、これ」と小さなアルバムを手に取り、僕に手渡した。表紙には〝バラ科〟と手書きで書かれていた。

開くと同時に、ナフタリンの臭いが鼻を突いた。

「確かに、よくまとめられていますね」

ゆっくりと頁《ページ》をめくり、興味を持って観察している態度を示す。さて、あの角のパソコンを覗き見るにはどうするべきか。

そのとき、部屋の前に圭太がやってきた。

「お母さん、お腹空《なかす》いた」

しめた。

「圭太くん。さっきのさくらんぼ、よかったら食べてよ」

僕は可能な限り愛想のいい笑みを浮かべて圭太に言った。

「さくらんぼ……」

「そうね、せっかくだし。井上くんも一緒に食べましょうよ」

「ありがとうございます。でも、もう少しこの部屋にいさせてもらってもいいですか？ ほかの標本も見てみたいですし、それ以外にも、興味深そうな本がたくさんあるので」

少し無理があるか？ そう思ったが、友江は納得したように頷いた。

「いいわよ、気が済むまで見ていていいわ。でも、部屋を出るときは扉を閉めておいてね」

友江はそう言うと、圭太を連れてリビングに戻っていった。

足音が十分に離れていった頃合いを見計らって、仙波佳代子のパソコンを起動した。

パソコンは二世代前のOSだった。立ち上がりに時間を要す。

頼む、急いでくれ。

ディスプレイにログイン画面が表示される。パスワードの入力を求められた。

さて。

まずは適当に〝keita〟と打ちこむ。はずれ。

仙波圭太の誕生日は七月十三日だ。〝keita0713〟と打ちこむ。これもはずれ。机の引き出しを探ってみる。付箋が貼ってあった。〝0713keita〟とある。おしい。付箋の通りに入力してみる。ログイン成功。やはり優れた研究者であっても、多くの年配者の例に漏れず、仙波佳代子もコンピュータのセキュリティに関しては無頓着なようだ。

デスクトップ画面にはたくさんのアイコンが無秩序に散らばっていた。ウイルス対策ソフトのインストーラーやアプリのショートカット、孫の圭太の画像ファイルなどだ。

仙波は、見るからにパソコンに不案内だとわかる。手がかりになりそうなものはないように思えた。しかし、ここまでリスクを冒している以上、手ぶらで帰るわけにはいかない。

僕は祈るような気持ちでメールソフトを開いた。同時に、携帯が鳴った。着信画面に目をやると、唯からだった。応答せずに、ディスプレイに目を戻す。

受信ボックス内の件名を上から順に見ていく。

『講演会の御礼』

違う。

『ご利用明細のお知らせ』

これじゃない。

『例の提案』

マウスを動かす手が止まった。

送信者は……石見崎明彦。日付は、石見崎が亡くなる前々日だ。僕はメールを開いた。

『仙波先生

先日はお忙しい中、お会いいただきありがとうございました。あれから、私の提案について考えていただけましたか？

骨は手に入れました。あとは、あなたの隠し持つ研究データが必要なんです。

以前からお伝えしている通り、私は本気です。自分の犯した罪と向き合う覚悟があります。

あなたにも、それはわかっているはず。

石見崎』

全身の血が熱くなった。

「何してるの？」

とっさに振り返る。部屋の入口に友江が立っていた。腕を組み、冷たい眼差しで僕を見ている。

「これは――」

言葉が出なかった。

「そんなことだろうと思った」

友江は僕に近づいた。

「教え子がわざわざ線香をあげにきたいだなんて、変だと思ったのよ。そんな殊勝な学生、今日《きょうび》日いるはずないもの」

友江はマウスを握る僕の手を摑んだ。

「警察行く?」

心臓が警報を発している。どうするべきか。彼女の手を振りほどいて家を飛び出すか?

馬鹿な。冷静になれ。

「違うんです。話を聞いてくだ――」

「嘘を考えてる顔」

友江は不可解な笑みを浮かべ、僕の目を間近に見た。

「かわいいわね」

友江は僕の頭に手を回し、髪を撫でた。僕はじっとして、彼女の様子をうかがった。

「手伝ってあげましょうか」

「えっ？」

友江は含み笑いを浮かべながら、僕の髪をもう一度撫でた。

「義母のことを調べているんでしょ？　いいわよ、あなた、かわいいし。それに私、あの人嫌いなの」

友江は小さく首を傾け、僕に顔を近づけた。

そのとき、僕と友江の携帯電話が同時に鳴った。

画面を見ると、着信は再び唯からだった。

「あら、噂をすればあの人だわ」

友江はそうつぶやき、携帯を耳に当てた。

「もしもし、お義母《かあ》さん。どうかされましたか？」

僕も唯からの電話を取る。

「僕だ。何かあった——」

〈今すぐそこから逃げてください〉

「えっ？」

〈たぶん、バレてます。悠さんがそこにいること〉

「そっちで何があったのか？」

〈いいから！　悠さん、早く——〉

電話が切れた。

目の前の友江も、通話を終えたようだった。先ほどの笑みは消え、判然としない疑念のようなものが浮かんでいた。

束の間の沈黙。

僕が弁明を口にしようとした瞬間だった。友江が部屋の外に向かって駆けだした。

「ちょっと――」

追いかけようとしたが、僕が部屋の外に出る前に、部屋の扉が閉じられた。

「友江さん、出してください！」

「ごめんね。義母に言われたの。あなたを警察に引き渡してって。私、あの人には逆らえないから」

ドア越しに友江が言った。

「お願いです。説明させてください」

「もうすぐ警察が来るわ。そのときに説明して」

「確かに僕は、仙波佳代子さんを調べるためにこの家に来ました。嘘をついたことは謝ります。でも、もうほかに手がかりがないんです」

友江は何も答えなかった。

「お願いします」

「……手がかりって、なんの？」

「妹です。行方不明の妹がいて……仙波佳代子さんが何か知ってるはずなんです」

「そんな与太話、信じられると思う？」

「本当です」

しばらくのあいだ、ドア越しの声が途絶えた。

「友江さん」

「……あの人は、なんなの？」

「えっ？」

「前にも来たのよ。義母がいないときに、あの人について根掘り葉掘り聞いてきた人がね。小野寺っていう記者よ」

小野寺。平間の仲間か？

「で、その人が去ったあと、何か義母についてスキャンダルが発覚するんじゃないかって内心ひやひやしてたんだけど、結局、ニュースになることはなかった。でも義母が何かを隠してることは確かにわかるの。ねえ、あの人は悪人なの？　いったい、何を隠してるの？」

「……わかりません。でも、今はそれを探ろうとしています」

家全体に、チャイムが響いた。

「警察ね」

扉越しに、友江が玄関に向かって離れていくのがわかった。

今なら出られる。だが、出た先で警察に捕まってしまえば元も子もない。一分にも満たないうちに、友江が扉の前に戻ってきた。それから、扉がゆっくりと開いた。

「出てきて」

友江はなぜか、小声で僕にそう告げた。

「今、警官がうちの前にいるの。追い払おうとしたけど、一度、中を確認したいって言ってるから、あなたは裏口から出ていって」

「どうして――」

「早く」

友江は僕の手を取って、廊下の奥に進んでいった。

「今回は見逃してあげる。その代わり、義母について何かわかったら私に連絡して」

友江は裏口の扉の前に着くと、僕のほうを振り返った。

「ありがとうございます。……でも、どうして？」

僕が尋ねると、友江は妖艶な笑みを浮かべた。

「久しぶりに楽しかったから……かしら」

友江はそう言って僕に口づけをした。

「また来なさいね。今度は、二人でもっとゆっくり話しましょう」

僕は裏口から出て、足音を立てないように、そっと裏門を出た。それと同時に、携帯電話が振動した。

メールが一件、着信した。送信者は不明、捨てアドレスだ。メールにはこう書かれていた。

〈おまえは関わるべきじゃない〉

仙波佳代子の家を出てから、僕は駆け足で駅まで向かい、電車に乗った。その間、唯の安否が気がかりだった。何度、彼女に電話をしてもつながらない。

くそっ。

僕は深呼吸して、それから薬を一錠飲んだ。焦燥感が次第に引いていく。

大丈夫。唯は、僕よりはるかに頭が切れる。あいつなら心配いらない。きっとうまく対処しているはずだ。

僕は大学に戻った。唯と落ち合うならば、研究室か、もしくは僕の家のはずだと考えたからだ。学内に、学生はほとんどいなかった。

祈る気持ちで研究棟を見上げる。研究室の窓に明かりが灯《とも》っているのが見えた。僕は安堵した。逸《はや》る気持ちを抑え、エレベータで上がり、研究室にたどり着く。

僕は研究室の扉を開けた。

「唯！」

しかし、そこに彼女はいなかった。

部屋の中ほどまで入ったとき、背後から音がした。

ちゃぽん。

僕はとっさに振り向く。

牛革の山高帽をかぶった大男がそこにいた。石見崎の家の前ですれ違った紳士だ。

直立不動のまま、墨汁に沈めたビー玉のような瞳をこちらに向けている。

「こんにちは。七瀬悠くん」

ベストとシャツで覆われた巨大な体軀《たいく》からは、終末を予感させる冷たいオーラが漂っていた。分厚い皮手袋をはめたその太い両腕は、脳裏に死と破壊のイメージを植えつける。光沢のある上質なブーツのすぐそばには、白のポリタンクが置かれていた。

突然、男の両頰が裂けたかと見間違うほどに吊り上がった。

全身の毛が残らず逆立った。体が動かない。声も出ない。恐怖で全身が凍りついている。

「仙波邸を訪れたようだね」

男は静かに言った。

「素敵な家だっただろう？」

僕は下唇を噛み、なんとかして冷静さを引き戻そうとする。それから息を吸い、声を絞り出した。

「おまえは……？」

「私は牛尾」

大男がゆっくりとこちらに歩み寄ってきた。

「警告をしにきた」

「……警告？　何を？」

僕は後ずさりする。

「これ以上、首を突っ込むな」

「何に？」

「ループクンドの人骨……それにまつわるすべてに、だよ」

僕は息を呑んだ。

「いったい、あの人骨はなんなんだ？」

「知る必要はない」

「紫陽と、なんの関係が？」

「紫陽？」

牛尾が首を傾げる。

「僕の妹だ！　DNAが一致した」

「ああ、なるほど。まったく。石見崎も愚かな真似をした」

牛尾は小さくため息をついた。

「あれは彼女の骨だ。間違いなく」

「そんなはずはない！　あれは二百年前のものだった」

「ほう、よく調べている」

腰に、ボルテックス・ミキサーの置かれたテーブルが当たった。逃げ場がなくなった。

牛尾が目の前まで迫ってきた。

「きみでは、あの娘を救えない」

僕の目に、自然と涙が溢れた。恐怖と、怒りと、悲しみ。

「哀れな、呪われた魂だよ。この世の理《ことわり》からはずれてしまったんだ」

「……お願いです」

「ん？」

「どうか……どうにか、紫陽を救うことはできませんか。僕なら、なんでもします。命を捧げたっていい」

「だめだよ」

紳士が、邪悪な笑みで僕を見下ろした。

「仮にきみの妹の存在がこの世に残存していたとしても——」

その笑みが、僕の間近まで迫る。

「私が喰《く》い殺す」

背後のテーブルに手をつく。そのとき、指先にボールペンが触れたのがわかった。それは考えるよりも先だった。僕はペンを握り、牛尾の首筋に向かってそれを振り下ろした。だが、その動きよりも速く、男の右手が僕の首筋を掴んだ。

「がっ——」

息ができない。視界が赤く染まっていく。

「いいだろう。七瀬悠くん」

意識が遠のいていく。

「それだけ人間の骨が恋しいなら……私からもプレゼントしようか」

牛尾の言葉を最後に、僕の意識はぶつんと途切れた。

「——さん」

どこか遠くのほうから声が聞こえる。体を揺すられている。内臓が気持ち悪い。

「悠さん！　悠さん！」

目を覚ますと、唯が涙を浮かべながら、僕を揺さぶっていた。

「唯……」

「悠さん！」

唯がほっとした表情を浮かべた。

その表情を見て、僕も安堵する。

「よかった。無事だったんだな」

なんとかして上体を起こす。僕は研究室のソファで横になっていた。

「『よかった』じゃないですよ。いったい、何があったんですか？」

僕は室内を見渡した。特に異変はない。窓の外では、すでに日が落ちている。

「きみこそ、何があった？　どうして電話に出なかったんだ」

唯は洟《はな》をすすると、決まりが悪そうに苦笑いを浮かべた。

「あれは……携帯の充電が切れてしまいまして」

たはは、と唯は乾いた笑い声を付け加えた。

「あの僕への電話は？」

「実はですね、私の追跡、仙波佳代子に最初からバレていたみたいで」

唯は肩をすくめた。

「追っている最中、仙波の乗ったタクシーがコンビニに寄ったんですよ。私は近くの路肩に車を停めてタクシーが出てくるのを待っていたのですが……あの人のほうから私に近づいてきてですね、窓をコンコンと叩いてきたわけですよ。仕方なく車を降りると、仙波佳代子に告げられたんです。『あなたの仲間がうちにいるのは知ってるって』」

唯は重いため息をついた。

「それと『もうやめなさい』って。『あなたたちのためを思って言っているの』とも言われました」

「それできみは？」

「私はもうパニック状態で、本当は真理ちゃんのこととか叔父のこととか、言いたいことはいっぱいあったんですけど、そのときはとにかく、あの人の視界から消えることだけ考えました。早く、このことを悠さんに伝えなきゃと思ったんです」

「おかげで間一髪、助かったよ」

実際のところは、そうとも言えなかったが。

「でも、さっき言った通り、通話の最中にスマホの充電が切れてしまいましてね。結局、悠さんのアパート前の駐車場で待っていたんです。でも、悠さんは戻ってこなくて……ようやく、もしかして研究室にいるんじゃないかって気づいたんです。そしたら、悠さんがここで倒れていて。本当に、血の気が引きましたよ」

「きみが僕をこのソファに運んでくれたのか？」

「まさか。私が来たときには、悠さんはここでぐったりしていましたよ」

僕は自分の首筋をさすった。

「ここに来るとき、誰かとすれ違わなかったか？」

「いえ、誰にも会いませんでしたけど」

気を失う前に見た恐ろしい光景が、次第に脳裏に蘇ってきた。

牛尾。

あれは本当に現実だったのか？　それにあの男、やはりどこかで見た記憶がある。最近じゃない。もっと昔、まだ僕が幼かったころに……。

「悠さん？」

僕は立ち上がって、部屋の中を観察した。荒らされた形跡はない。ふと、ボルテックス・ミキサーの置かれたテーブル付近で立ち止まる。僕はここであの大男に首を絞められた。そのときに僕が掴んだボールペンは……床には落ちていない。テーブルの上にもない。テーブルの引き出しを開けてみる。すると、そこにあった。

「悠さん、いったい、何があったんですか？」

唯に要らぬ心配はかけさせたくなかった。

「いや、仙波佳代子の家から戻ってきてから、少し気分が悪くてね」

「大丈夫ですか？」

「今は平気さ」

「疲れが溜まっていたのかも」

「ああ、そうかもな」

僕は椅子を引き、そこに腰かけた。

「それで、仙波佳代子について何か情報は得られましたか？」

「それは……明日、説明する。悪いけど、今日はこれで終わりだ」

唯の口がぽかんと開いた。

「またそうやってもったいぶる――」

「頼む」

僕は真剣に言った。

唯は少したじろいだ様子を見せたが、しぶしぶ頷いた。

「わかりました。約束ですよ。続きは明日です」

3　平間孝之／現在

「ちくしょう！」

平間は車のハンドルを殴った。

東京都港区の桜田《さくらだ》通り。深夜二時を回ったところだった。平間は日江市からすでに戻り、七瀬京一が居住しているとされるマンション前に車を停めていた。今となっては、その住所情報の信憑性《しんぴょうせい》も怪しいが。

「あの、ガキ……」

七瀬悠。あの青年に、完全に一杯食わされた。

平間は怒りを鎮めるため、深呼吸しながら運転席の背もたれを倒した。

さすがに疲れた。両手で顔を拭う。

一方で、懐かしい気分でもあった。眉唾な情報ひとつに踊らされ、日本中を駆け巡っていた若かりしころ。あのころと比べれば、今の状況など屁でもない。

平間は雑にポケットの中の煙草を探る。だが、切らしていることを思い出す。

車を降り、すぐそばのコンビニでセブンスターを購入した。錆《さび》の少ないガードパイプを見繕い、そこに座って煙草に火を点ける。

七瀬京一の娘——七瀬紫陽など、存在しない。

それが、平間が役所や警察関係者とのコネを総動員して調べ上げた結論だった。七瀬紫陽という人物が住んでいた記録も、捜索願が提出された記録も、一切ない。

極めつけは、七瀬京一の婚姻歴だ。これも複数の伝手《つて》に確認したが、七瀬京一は、あの青年――悠の母、楓以外と婚姻関係を結んだ記録はなかった。

その一方で、新たに三点、気になる話を聞いた。

警察官の〝友人〟曰く、石見崎明彦が殺害された事件の第一発見者は、同じ研究室に所属していた七瀬悠だという。小野寺が悠についてノーマークだったこともあるが、これは事前に把握しておくべき内容だった。完全に自分のミスだ。

加えて、七瀬悠には精神科への通院歴もあった。病名はまだ摑めていないが、もし彼が統合失調症や妄想性障がいなどを抱えていて、七瀬紫陽という妹がそれらの産物であったとしたら……なんとも哀れな話だ。だが、いずれにせよ、小野寺の追っていたスキャンダルとは無関係だろう。

もう一つ、これも七瀬悠が端緒となったことだが……あの青年が仙波佳代子の講演会場で彼女に迫っていったとき、彼は〝ループ〇〇〇〟という言葉を発していた。あのときはしっかりと聞き取ることができず、生物学の専門用語かと思い、特に気にしていなかった。

だが今日になり、部下に収集させていた過去の樹木の会の機関紙『ふたば日報』のいくつかの記事で、興味を惹かれるものがあった。平間は該当の記事を改めてスマートフォンで読んでみる。

まず、今から三十三年前の記事だ。

見出しは『真鍋先生　ダライ・ラマ十四世への拝謁』。

一面に、ダライ・ラマ十四世と思われる人物と真鍋宗次郎のツーショット写真が掲載されている。真鍋は当時、六十歳を優に超えていたはずだ。だが、小ぎれいな袈裟《けさ》を掛け、凛々《りり》しい笑みをたたえたその姿は、四十代と言われてもおかしくないほどに若々しかった。

樹木の会がここまで巨大な宗教になったのは、真鍋宗次郎のハンサムな外見も少なからず寄与しているのは間違いない。

記事には、真鍋と幹部の数人でチベット亡命政府のあるインドのダラムサラを訪問した、とあった。

単なる権威付けのPR記事だ。だが、目を引いたのは訪問団のメンバーの一人だった。日江製薬前会長の七瀬弓彦もそこにいたのだ。

平間はその時期に刊行された機関紙を読み直した。

それらによると、当時、七瀬弓彦は真鍋宗次郎とともに世界各地を回っていたようだ。

訪問先は大まかに二パターン。

一つは、ダラムサラのような各界要人と面会できる場。ダラムサラを訪れた二か月前には、ロシアの副大統領とも面会している。写真が合成なのか、はたまた献金によって実現したのかは不明だが、ダライ・ラマにしろ、彼らが真鍋宗次郎を一人の宗教家と認識していたかすら怪しい。奴はただのペテン師に過ぎないのだから。

訪問先のもう一つのパターンは、神秘的でミステリアスな場所——いわゆるパワースポットだ。樹木の会の教義は各宗派のごった煮であるためか、訪問先に一貫性はない。国内なら富士山《ふじさん》や屋久島《やくしま》、海外ならタイやカンボジアの著名な寺院など、だ。

その中でも、真鍋宗次郎が複数回にわたって訪問した場所があった。

インドのヒマラヤ山脈山中にある氷河湖——ループクンド湖だ。

神秘と骨の湖。ざっとネットで調べた限りでは、確かに興味深い場所だ。だが、七瀬悠はどうしてそんな湖の名前などを仙波佳代子にぶつけたのだろうか。機関誌にも〝輪廻転生《りんね》〟やら〝復活〟やら、カルト宗教にありがちな、ありきたりで曖昧模糊《もこ》な言葉が並んでいる。およそ仙波佳代子と関係しているとは思えない。

七瀬京一よりも、仙波佳代子の調査を優先するべきか。七瀬悠が小野寺の情報をどう扱おうが、大した成果は期待できない。いずれは話を聞くとして、まずは外堀から埋めていくべきだろう。

——だが。

頭の片隅で、もう一人の平間孝之が囁く。

——関係者を抹殺してまで、隠蔽《いんぺい》したいスキャンダルとはなんだ？　真鍋宗次郎も七瀬弓彦も、すでに故人だ。生前、いくら各界に対して影響力があったとしても、人を殺してまで彼らの尻拭いをしようとする者がいるのだろうか。関係者の不審死など単なる偶然なのではと、今でも時折頭に浮かぶ。しかし現に、小野寺は消えた。

俺も死ぬのだろうか、と平間は一人でせせら笑う。

左腕のデイトナは、すでに二時半を示していた。

よし、帰るか。

平間は吸殻を道路に向かって弾き飛ばし、ガードパイプから立ち上がった。

明日はまず、これまでの情報を見返そう。それから、仙波佳代子を徹底的に調べ上げる。

平間は路上に駐車していた車に戻った。運転席に座り、ドアを閉める。そのとき、違和感を覚えた。

なんだ？

ドアを開け、もう一度閉める。

ちゃぷ。

音がする。何か、液体が漏れたような音だ。足元に目をやるが、暗くてよく見えない。

平間は室内灯を点けた。

バックミラーに、男が映っていた。後部座席に座っている。

光沢のある革の山高帽。小野寺の言葉が蘇る。こいつが——。

「こんばんは、平間孝之さん」

男は紳士然とした口調で言った。

「いい夜だ」

背筋が凍った。

「お、おまえ……」

そのときふと、平間は気づいた。俺は、この男を知っている。

「どうしておまえが——」

その瞬間、男の腕が勢いよく伸びてきた。

4　七瀬悠／現在

翌日、またしても唯が自宅に突撃してこないよう、朝の七時には研究室にたどり着いた。

エレベータを上がると、入口の前に大きな段ボール箱が置かれていた。宛名も何も書かれていない。後輩の新橋郁恵のものかもしれない。

研究室には誰もいなかった。箱を持ち上げてみる。重くはない。

部屋の中に運び入れる。机の上に置き、ガムテープを剝がす。箱を開けた瞬間、数日放置した生ごみのような臭いが漂った。思わず鼻を押さえる。

箱の中身は、薄い青の養生シートに包まれていた。

不吉な予感がした。

見ないほうがいい。

そう思いながらも、手は勝手にビニールシートを剝がしていく。中には白く細長い物体が何本も積み重なっていた。それが何かはすぐにわかった。

骨だ。

中の人骨を一本ずつ慎重に取り出していく。箱の底で、何かが光った。

何かある。

手を底に入れる。摑んだのは……革のベルト。光っていたのは、真鍮《しんちゅう》のバックルだった。

まだある。次に出てきたのは、衣類だった。

はき古したジーンズと、ネイビーの——アロハシャツ。

動悸がした。

違う。そんなはずはない。そう思いながらも、次々と出てくる私物に、一人の人間を想像せざるを得なかった。

煙草もあった。銘柄はセブンスター。

それに、イエローゴールドの腕時計。ロレックスのデイトナだ。

「……嘘だろ」

頭蓋骨《ずがいこつ》を持ち上げる。そこには血文字が書かれていた。

『気に入ったかな？』

第五章

1　七瀬悠／六年前

単線の線路が敷かれた高架橋が、夏の空気に揺らめきながら緩やかな曲線を描いて延びている。車窓の向こうには、緑の海のような田園風景が広がっていた。

僕は車窓を少し開けた。柔らかな風が吹きこむ。隣で眠る紫陽の髪が浮き上がった。

僕が大学生になって、初めて迎えた夏休みだった。そのころの僕は、これまでの人生でもっとも愚かで間抜けで幸せな奴だったと思う。

二年前に母が他界したのち、僕と紫陽は二人で暮らしていた。といっても、あの雨の中で誓った決意はいざ知らず、京一は僕らの提案をあっさりと受け入れた。その代わり、日々の家事は京一の雇った家政婦たちが日替わりで担い、僕は大学進学すること、紫陽は週に一度は必ず京一とともに通院することが条件となった。情けなくも、結局、僕たちは京一の庇護のもとで生きていた。

僕は笑えるほど不真面目な学生だった。講義中であっても紫陽のことばかり考えていた。その日の講義が終われば、まっすぐに帰宅し、すぐさま避難所へ向かった。美術館の二階、夕日の差しこむ寝室で、紫陽はいつも本を片手に僕を待っていた。

「明日から夏休みだし、海にでも行こう。大洗《おおあらい》とかさ。行ったことないだろ?」

昨日、僕はそう提案した。彼女は窓の向こうの夕日に染まる楠を眺めながら応えた。

「海よりも、神様が見たいかな」

それで今日、僕たちは鹿島神宮《かしまじんぐう》を訪れることにしたのだった。

僕たちの乗る一両編成の気動車が、森林の中を抜けていく。さらさらと震える木々の葉の音で、紫陽が目を覚ました。

「まだ着いてないよ」

僕が言うと、紫陽は僕の目をまじまじと見た。

「どうしたの?」

「嫌な夢を見ちゃった」

「どんな?」

「私がいなくなる夢」

紫陽は胸にある麦わら帽子を頭にかぶせた。

「自分が消えたあとの世界を、私は見てた。私の存在は、初めからなかったことになって……」

紫陽は窓の外に目を向けた。が、列車はちょうど長いトンネルに入ったところだった。

僕は茶化そうとした。しかし、彼女の神妙な面持ちを見てやめた。

「えっと……まあ、お気の毒に」

「それは別にいいんだけど。ただ、悲しかったのは……ううん、怖かったのは……」

紫陽は口をつぐんだ。

「何？」

「悠だけが、私のことを覚えていたの」

僕は少し考えた。が、彼女の言っている意味が理解できなかった。

「いいことじゃないか？」

そう言うと、紫陽は僕のほうを向いた。鮮やかな茶色の瞳の奥に、僕では読み取れない感情の揺らぎがあった。

「そうは思わない」

2　七瀬悠／現在

薬を飲む。それから、ただじっと段ボール箱の前に座り、警官を待った。

到着したのは僕よりも若い警官だった。彼は箱の中身を見ると、声を上げて狼狽《ろうばい》した。だが、すぐに冷静さを取り戻して対応してくれた。無線で応援を呼び、現場保全のために研究室を立ち入り禁止にして、エレベータ前で僕に事情聴取をおこなった。

僕は箱を発見し、中身を確認したときのことを、ありのままに説明した。平間についても話した。三日前に初めて会い、そのときに身に着けていた私物から、彼の骨だと連想したと話した。

もちろん、昨日あった牛尾の脅迫についても告白した。なぜその場で警察に通報しなかったのかと問われたが、うまく説明できなかった。現実感のなさ、ある種の悪夢を見ていたような気分だったと、しどろもどろに説明するほかなかった。

警官に住所と電話番号を伝えたのち、僕は解放された。少なくとも今日と明日は研究室への立ち入りは許されないとのことだった。

外に出るころには昼近くになっていた。僕は車で自宅に帰ることにした。

帰宅途中、きっと薬の効果が切れたのだろう。理由の判然としない涙が溢れてきた。

運転しながら、何度も目を拭う。

これ以上、紫陽を追うことはできない。石見崎の死も、行方不明の真理も、ループクンドの人骨も、僕は忘れなければならない。

アパートに着き、ソファベッドの上に倒れた。そのとたん、身体の動かし方がわからなくなった。指一本、瞼《まぶた》の一つも動かせない。

目に映る味気のない室内が、次第に輪郭を失っていく。視界の端に、ぼやけた人影が見えた。目を凝らすと、その輪郭が再び線を結びはじめた。

黒のワンピースを着た少女。茶色の瞳。

「……紫陽？」

「諦めた？」

「えっ？」

「私を捜すこと」

寂しさの交じった笑み。僕は起き上がった。

「違うんだ。諦めたわけじゃ……。でも、どうしても、きみに近づくことができない」

僕が言い訳がましく弁解する姿を、紫陽はただ黙って見つめていた。

「僕はどうすればいい？」

紫陽は何も言わなかった。僕は立ち上がって紫陽の肩を摑んだ。

「教えてくれ！　僕はいったい、どうしたら――」

「ちょっ、やめてください、悠さん！」

目の前に、唯がいた。痛みに堪えるように、顔をしかめている。

僕は慌てて彼女の肩から手を離した。後ずさりした拍子にテーブルにつまずき、床に尻餅をついた。

「ご、ごめん。少し、どうかしてた」

「これが『少し』ですか？」

唯が困惑した表情で僕を見た。

「いや、そうだな。かなり〝キてた〟」

僕は立ち上がってソファベッドに座り直した。

「ところで、どうしてここに？」

「研究室にうかがったら警察の方が来ていて、部屋にも規制線が張られていたんです。尋ねてみたら、『不審物が研究室に届いたから入室禁止』と言われて。で、こっちに来てみたんですけど、車があるのにチャイムを押しても応答がないですし、玄関の鍵は開いていたので何かあったと思って部屋に入ってみたら……」

唯はまだ、動揺を隠せていなかった。その証拠に、いつもより早口になっている。

「それは、本当にごめん」

「で、何があったんです？　悠さんが通報したんですよね？」

僕は答えなかった。代わりに、戸棚からコップを取った。

「……コーヒーでも飲む？　アイスだけど」

「じゃあ、いただきます」

ペットボトルから二つのコップにコーヒーを注いだ。その片方には砂糖を溶かし、唯に手渡す。

「それで、不審物というのはなんだったんですか？」

唯はコーヒーを一口含んでから尋ねた。

「わからない」

「そう、ですか」

唯はどこか納得していないようだった。

「それじゃあ、昨日の続きを話してくださいよ。仙波さんの家で何があったのか――」

「もうやめよう」

僕は視線を合わせずに、そう言い放った。

「やめるって、何をですか？」

「全部だ。君の叔父さんのことも、真理さんのことも、紫陽のことも、全部忘れて、もとの生活に戻る」

「冗談でしょう?」

「本気だ」

「悠さん、本当に大丈夫ですか? 何かあったなら、教えてください。もしかすれば、私が現状を打開する妙案を思いつく可能性だってありますよ」

僕は振り返って、自信に満ちた顔の唯を見た。

彼女を危険に晒してまで、僕は紫陽を捜したいのだろうか。

「ねえ、悠さん。何か悩んでいることがあるなら言って――」

僕は威嚇《いかく》するようにテーブルを殴った。

「終わりだって言ってるだろ」

「えっ?」

唯の表情に、緊張が走る。

「探偵ごっこは、これっきりだ」

「ど、どうして?」

僕は唯の言葉を遮るように、玄関口の扉を指差した。

「出ていってくれ」

「真理ちゃんはどうするんです! 紫陽さんだって!」

「いいから出ていけ。そして、もう二度と僕に会いにくるな」

涙が、唯の瞳に滲みだした。それを隠すように、彼女は僕から顔をそむけた。

「……よく、わかりました」

彼女は深く息を吐いた。

「ご迷惑おかけして、今までごめんなさい」

僕の同病相憐れむパートナーは声を震わせながら、力をこめるように微笑んだ。

僕は彼女の痛ましい姿から目を逸らした。

さすがに言い過ぎたかもしれない。そう思い顔を上げたが、唯はもう玄関を出ていた。

扉越しにすすり泣きが漏れ聞こえてきた。彼女を引き留めて謝りたい衝動に駆られる。そんな逡巡《しゅんじゅん》をしているうちに、足音は聞こえなくなった。

死の訪れのような静寂が部屋を包んだ。

――これでいい。

彼女を突き放すことが最善だった。僕は自分に繰り返しそう言い聞かせた。

それから、僕はただじっと、ソファベッドの端に座っていた。

3　七瀬悠／現在

次の朝、玄関のチャイムが鳴った。

唯が戻ってきたのかもしれない。僕はソファベッドから立ち上がって、扉を開けた。

しかし、そこにいたのは唯ではなかった。

「黛刑事」

「すみません、こんな朝早くに」

「事件のことで、何か進展が？」

「いえ……」

彼女の背後にもう一人、中年の小男がいることに気づいた。

歳は四十代後半くらいで、身長の割には肩幅が広く、彫りの深い顔をしている。量の少ない脂《あぶら》ぎった髪を、ワックスで後ろに撫でつけて額を晒していた。このジメジメした雨降りの朝にもかかわらず、野暮ったい吊るしのスーツを着ている。

「初めまして。多田《ただ》と申します」

多田は慇懃《いんぎん》な笑みで僕に名刺を手渡した。階級は警部補だ。

「差し支えなければ、少々お話をうかがいたいのですが、今よろしいでしょうか？」

「まあ、別に構いませんが……」

「でしたら、落ち着いて話のできるカフェかレストランにでも移りませんか。朝ごはんがまだでしたら、ご馳走《ちそう》もできますので。もちろん予算に限りがありますから、あまり高いものはご勘弁いただきたいのですが」

その場で笑ったのは多田だけだった。黛刑事のほうは、先ほどからどこか表情が硬い。

僕は了承し、服を着替えたあと、黛の運転する車の後部座席に乗りこんだ。

「週の初めに、申し訳ありませんね。ご予定のほうは大丈夫でしたか？」

助手席から多田が顔を出した。

「ご存じの通り、担当教官は亡くなって、研究室も今は封鎖されているので」

多田は深刻な面持ちで頷いた。

「そうですね。昨日はその、なんと言ったらいいか……」

「ええ、大変な一日でした」

バックミラー越しの黛の視線に気づき、窓の外に視線を逃がす。どうにも居心地が悪い。

車は、僕も何度か訪れた経験のあるファミリー・レストランに入っていった。平日の朝ということもあり、店内に客はほとんどいない。僕ら三人は一番大きなテーブル席に案内された。席に着くと同時に、黛がドリンクバーを注文した。

「何を飲まれますか？」

「じゃあコーヒーを。ホットで」

ドリンクが三人の手元に置かれる。多田が黛に目で合図すると、彼女は手帳を開いて切りだした。

「さて、早速ですが、七瀬さん」

隣にいる多田の目から柔和さが消えた。僕を冷たく観察している。

「昨日、箱の件でうちの人間の聴取に応じてくださいましたよね。骨の身元は確認中です。石見崎教授の事件との関連性も調べているところです。ただそれとは別に、うかがった話の中で気になる点がありまして。あなたはどうやら、石見崎先生の娘さんをお捜しだとか」

「ええ。石見崎先生が亡くなられてから、娘の真理さんが行方不明となったんです。恐らく、犯人が誘拐したのではないかと考えています」

多田は首をひねる。

「不思議ですねぇ。どうして、七瀬さんが石見崎先生の娘さんを捜すのです」

「石見崎先生の姪に頼まれたんです。警察からは相手にされないから一緒に捜してくれと」

多田が唸《うな》った。

「あの、何か？」

「いえね、まずはっきりさせておきたい事実として、石見崎先生の娘さん、真理さんですね。彼女の安全は確認しております。石見崎先生が亡くなられたあとは、彼のお兄さんのもとで暮らしています」

「なんですって？」

思わず身を乗り出す。マグカップに肘が当たり、コーヒーがわずかにテーブルにこぼれた。

「それは、いつごろの話ですか？」

「先生が亡くなられてすぐの話ですよ」

「いや、そんなことは……ありえない」

「私としても、七瀬さんの口から真理さんの名前が出てくるとは予想外だったんですよ」

「でも確かに、唯は――」

「唯というのは、石見崎先生の姪御さんのお名前ですか？　詳しくお聞きしても？」

僕は唯について、知る限りの説明をした。

「わかりました。我々も確認します。もしかしたら情報の行き違いがあるかもしれない」

　多田は拳を口に当てて咳《せき》払いをした。

「ではもう一つ、あなたの妹さんについてです。確かお名前は、シハルさんでしたね？」

　隣の黛がごくりと喉を鳴らすのが聞こえた。

「紫陽が、何か？」

「落ち着いて聞いてくださいね。我々警察が確認したところ……あなたに妹はいません」

「……は？」

「いいですか。七瀬シハルという女性は、この世に存在しないんです。彼女はあなたが脳内で作り出した妄想です」

「馬鹿にしてるんですか？　話になりません」

　僕は席を立った。

「七瀬さん――」

　黛は渋い表情で僕を見上げた。

「帰らせていただきます」

　僕がその場を離れようとすると、多田が立ち上がって、僕に携帯電話を差し出した。

「確認してみてください。あなたの父親にでも」

「京一さんにも話を聞いたんですか？」

「もちろんです」

「だったら、紫陽が僕の妄想の産物じゃないことはわかったはずだ」

「いえ。七瀬京一さんには娘がいない事実を、本人から直接確認しております。役所に戸籍も照合させましたが、七瀬シハルという人物はやはり登録されていなかった」

「嘘だ！」

「ですから、確認を」

多田が携帯電話を僕の胸に押しつけた。僕はそれを受け取らず、自分の携帯を取り出し、京一に電話をかけた。

〈悠くんか。珍しいな。どうかしたか？〉

「警察に、紫陽について、何を話したんですか？」

僕の質問で、京一は察したようだった。

〈彼らと、話したのか？〉

「今、目の前にいますよ。多田刑事と、黛刑事の二人です」

〈……何を聞かれた？〉

「紫陽が存在しない、と」

僕は祈るような気持ちで、京一の言葉を待った。

〈なんと言っていいのやら……。ああ、そうだ。刑事さんたちが正しい。私に娘はいない。持ったこともない〉

衝撃で、瞼を閉じることもできなかった。

〈七瀬シハルという人物は、存在しない。彼女は、きみが作り出した幻影なんだよ〉

「何を馬鹿なことを言っているんですか！　だったら、この前の紫陽の葬式はなんだったんです！」

〈あれは、きみの妄想に終止符を打つためのものだった。結果的には、それを助長するだけになってしまったが〉

「ふ、ふざけないでください。どうして、そんな冗談を言えるんだ」

〈何度でも言うが、私に娘はいない。混乱するのも無理はない。その責任の一端は、はっきりときみに事実を突きつけてこなかった私にもある〉

電話口から、唾を飲む音が聞こえた。

〈きみは、私がきみのお母さんと結婚するまで、ずっとふさぎこんでいたね。内にこもってばかりで、外に出て人と関わろうとしなかった。だが、私たちの結婚を機に、きみはある人物を作り上げた。それがシハルだ。私も楓さんも最初は戸惑ったが、私たちはきみの妄想を、肯定も、否定もしないようにした。なぜならきみは、シハルと

出会う前とは別人のように明るくなったからね〉

京一の声の輪郭が、周囲の風景とともにぼやけていった。

〈しかし、あの大洪水のあと、なぜだかきみはシハルを失った。存在もしない妹の失踪に絶望し、その影を追い求めはじめた。私は医師の助言を受け、きみの妄想と現実のすり合わせを図った。あの葬式も、その一つだ。シハルという存在に死を与え、きみの妄想に一区切りつけようとしたんだ。失敗に終わったがね。しかし、すべてはきみのため――〉

僕は電話を切った。これ以上、京一の戯言《たわごと》を耳にしたくなかった。

「心中、お察しします」

黛が憐れむように言った。

「あなたたちが、京一さんを巻きこんで僕を担ごうとしていることは理解しました」

「七瀬さん……」

僕は二人の刑事に背を向けた。

「まだ話は終わっていませんよ」

「これは任意ですよね？」

多田は唇をすぼめ、険しい目で長々と僕を見据えた。

「では、最後に一つだけ。あなたの証言にあった〝山高帽をかぶった大男〟についてですが……鑑識の結果、研究室に何者かが侵入した形跡はありませんでした。黛が確認しましたが、大学構内の防犯カメラにも、それらしき人物は写っていなかった」

「牛尾の存在も、僕の妄想だと?」

「それだけならまだよかったのですがね。事実、犠牲者が出ている」

「何が言いたいんですか?」

「つまり、〝ウシオ〟というのは――」

「多田さん!」

隣の黛が多田の腕を摑んだ。

「取り調べではないんですよ!」

部下に諌《いさ》められ、多田は参ったように両手を挙げた。

「失礼、つい熱くなってしまった」

多田は頭を下げた。が、その目は僕を弄んでいた。

「では、話は以上です。貴重なお時間を割いていただき誠にありがとうございました」

黛が申し訳なさそうな表情で前に出た。

「車で送りましょう」

「結構です」

僕は外に出た。行く当てもなく、大通り沿いの歩道を足早に進んだ。

頭が熱い。真っ赤な怒りのヴェールが、視界を覆いはじめる。脳の血流がどくどくと速まっているのがわかる。

高架線下で足が止まった。

「くそっ」

紫陽の存在が確認できない？　そんな馬鹿な話があるか。

いや、それよりも京一だ。紫陽が、僕の妄想だって？　どうしてそんなでまかせを吐く？

高架線下を出ると、空の淀みが一段と増していた。陰鬱な空気が、路地の隅から隅までをも満たしている。たまらず、薬を一錠飲む。

立て直す必要がある。僕自身を。

僕の足は、自然とある方向に向かった。

唯の住む家。

唯に会いたかった。きみが正しかったと、彼女に謝ろう。僕はまだ紫陽を諦めきれていない。

アスファルトを駆けだした。心を蝕む闇から逃れるように、一心不乱で走った。頭上では、墨を流したような曇天に閃光《せんこう》が走る。

唯の自宅の前に着いたころには、雨が降りだしていた。

ためらわずにインターホンを押した。

〈どちらさま?〉

耳にしたことのない女性の声。声色からして、唯の母親だろう。

「七瀬と申します。唯さんはいますか?」

〈唯?〉

「ええ」

相手は沈黙した。

「……あの?」

〈唯とは、うちの娘の、石見崎唯のことですか?〉

「そうです」

女性の声に、明らかな警戒の色が宿った。

〈あの、あなたは?〉

「彼女の友人です。石見崎教授のつながりで――」

〈からかっているの?〉

「どういう意味です?」

〈だって娘は……唯は、六年前に交通事故で亡くなっているのよ?〉

4　七瀬悠／現在

重い雨が降りしきる。気づくと、僕は日江市の実家の前にいた。

今は住む人間もいない、さびれた空き家だ。

靴を脱ぎ捨て、びちゃびちゃと足音を立てながら一階を見て回る。リビングの食器棚に置かれた写真立て、洗面台の歯ブラシ、玄関の靴置き場。

そのどこにも、紫陽の存在を証明するものはなかった。

息が詰まる。いや、どれだけ呼吸をしても、酸素を取りこんでいる実感が湧かない。水たまりの軌跡を作りながら、階段を上がる。二階の一番奥にある扉の前に立った。紫陽の部屋だ。

ドアノブに手をかける。

これは、答え合わせだ。

僕の人生の、答え合わせ。

ドアノブをひねり、扉を開ける。

結論から言えば、そこは紫陽の部屋ではなかった。

部屋の中は、埃のかぶった段ボール箱がいくつか積み上げられているだけだ。一番手前にある箱の中を覗くと、そこには衣類が詰められていた。母が昔よく着ていた花柄のジャケットやダウンコートがあった。その下には、男性ものの紳士服。チェック柄のベストや紺のネクタイが畳まれている。

別の箱には、古いアルバムや写真立てが保管されていた。淡いピンク色の表紙のアルバムを手に取って開く。

幼い僕が、母に手を引かれて砂浜を歩いている写真。メリーゴーランドの木馬にまたがり、誇らしげに手を振る僕の写真。まだ紫陽花の植えられていない石階段の上で、蟻を熱心に観察する僕の写真。アルバムの中は、すべて僕の写真だった。

その下には、冊子の束があった。それが何かは、すぐにわかった。樹木の会の勧誘冊子。母に言われるがまま、僕が何度も、この町の住人たちに配り歩いたものだった。

その懐かしい表紙を見て、僕は脱力した。

どうして、気づかなかったのだろう。思い出せなかったのだろう。ずっと、どこかで見た覚えがある顔だと思っていたのに。

表紙に写る人物は、いつも同じだった。

巨大な樹木を背景に立つ大男。品のいい紳士服を着こなし、その頭には艶のある牛革の山高帽が乗っている。

樹木の会、教祖──真鍋宗次郎。

言わずもがな、彼はとうの昔に死亡している。

そういうことか。

我ながら噴き出してしまった。

すべてが幻だったのだ。紫陽も、唯も、牛尾も。僕の人生すらも。

狂気を帯びた笑い声が家中に響く。それは僕自身の口から発せられていた。全身の筋肉を震わせ、高らかに笑った。

頬には、生暖かい涙が伝った。

5 七瀬悠／現在

食器棚のガラスが床に飛び散った音、それと指先に感じる熱さで、僕は正気に戻った。見回すと、家中の形あるものがすべて粉々になっていた。皿や鏡、テレビに机。

薬指と小指からは血が滴っている。

僕は床に尻をつき、出血している二本の指を口に入れた。

鉄の味。

どうやら、僕そのものは幻ではないらしい。しかし、これだけ家を荒らしても紫陽の存在を証明するものは何一つ見つからなかった。

いったい、今まで僕は何を見ていたんだ？

紫陽も唯も、二人の姿はもちろん思い返すことができる。牛尾もだ。

彼女らがすべて、僕の生み出した妄想だと？　そんなことがありえるのか？

しかし、だとすると、だ。

紫陽が存在しないなら、あのループクンドの人骨は？

あの鑑定結果は？　僕はいったい誰のＤＮＡサンプルと照合したんだ？　そもそも、ループクンドの人骨など、本当にあったのか？

今となっては、僕の記憶の何もかもが怪しくなってくる。骨がない以上、確認のしようもない。

両手で頬を擦る。

不意に、紫陽の言葉を思い出した。

――誰の目でもない、自分の目で見たことを信じなさい。

視線の先に割れた写真立てが転がっていた。僕が小学校に入学したときの写真だ。大きすぎるピカピカのランドセルを背負った僕の隣で、不器用にはにかむ女性。

母さん。

ふと、思い出した。

僕の記憶では、紫陽は母さんから手紙を受け取っていた。あれは今、どこにある？

僕が受け取った手紙は、確か――。

僕は家を出た。外は雨がやんだばかりのようで、庭には黒ずんだ大きな水たまりが風で波打っている。

僕は紫陽花の咲き誇る山城を登った。手紙が残されているとすれば、それは〝避難所〟にある。

山城美術館の前に到着する。入口の鍵は建物の裏手にある丸石の下に隠してある。鍵を拾い上げ、入口に戻る。

この扉を開けたときの匂いは、美術館としての役割を終えてからずっと変わらない。時代に取り残された匂い。死の匂いだ。

僕はミノタウロスの絵画の前を通り、二階に上がった。寝室に入り、心当たりのある場所を物色する。

テーブルの上、ベッド脇のサイドチェスト、小物入れ、衣装棚。しかし、どこにもない。僕宛ての手紙すら見つからない。隣の応接間にもなかった。

亡き母の最期の手紙の保管をなおざりにしていた因果応報だろう。

あの手紙を受け取った日のことを思い返す。

母の葬儀の日。僕たちはこの寝室で映画を観て、そして夜を過ごした。

あのとき、手紙はどうしただろうか。

ダメ元で、ベッドの下を覗いてみる。だが、暗くてよく見えない。ライトを点ける。あった。

二通の封筒が、奥のほうで埃と蜘蛛の巣にまみれて重なり合っていた。

僕は手を伸ばした。指先に触れ、なんとか引っ張りだす。大量の埃が舞い、咳《せ》きこんだ。

見ると、記憶通り一通は僕宛てのものだ。問題は、もう一通。

息を呑む。

震える手で、表書きを見た。

『紫陽さんへ』

筆跡はかすれ、色褪せている。でもそれは確かに母の字だった。

僕は床に崩れ落ちた。

そうだ、当たり前じゃないか。紫陽は、存在していた。確実にこの世界にいた。

僕は人生で最も深くて長い、安堵のため息をついた。

封筒の中を覗く。便箋が入っている。そこには、僕への手紙と同じように、一文だけ記されていた。

『あなたを産めたことを、誇りに思います』

僕は美術館を出た。

紫陽は僕の妄想ではなかった。だが、その安堵は焦燥と困惑に上書きされていた。

山道を降りながら考える。『あなたを産めたこと』。この言葉はどういう意味だ？

まず、そもそも紫陽は母の子ではない。京一の連れ子だ。母は、僕以外を産んだ経験はないはずだ。

僕への手紙と取り違えたか？　いや、それでも文脈が合わない。

気づくと、石階段を見下ろしていた。

濡れた土の匂い。苔の生えた岩壁。紫陽と初めてこの場所をのぼったときのことを思い出す。あのとき、紫陽は道に咲く紫陽花を愛《め》でながらこう言った。

――この花は、私と同じだから。

同じ。同じとはなんだ？　あのときの僕は、自らの名前を指しているものと思っていた。大した意味はないのか？　でも、何か引っかかる。もっと、別の意味があるような……。あのときの会話を思い出そうとする。

――親しみが湧くな。

『親しみ』。どうして、親しみが湧く？　あのとき、僕は彼女になんて言った？

――毎年五月になると、地元の小学生たちが実習で挿し木していくんだ。

その瞬間、脳内に電流が走った。

そうか。そういうことか。

僕はすべてを理解した。

もし僕の考えが正しければ、これまでの多くの謎が解ける。あのループクンドの人骨の謎も。

そして、僕がやるべきことも、はっきりとわかった。

6　七瀬悠／現在

「──そう、コップは研究室に置いてある。……うん、ありがとう。よろしく」

僕は新橋との通話を終えた。

翌日の午後一時、僕は都内にある私立小学校の前の路上に車を停めていた。運転席からフロントガラス越しに校門を眺める。このご時世では誰かしらから注意を受けることも覚悟していた。だが、このへんの治安がよいこともあってか、警備員などはいなかった。

本日三本目の缶コーヒーを開ける。僕は疲れ果てていた。昨日、実家を出発してから今日のための準備に明け暮れ、ほとんど一睡もできなかった。気を抜くと眠りに落ちてしまいそうだった。

だが情報が正しければ、そろそろだ。

しばらくすると、校門からランドセルを背負った児童たちがぞろぞろと出てきた。

僕はバックミラーを傾け、自身の身なりを確認する。目の下が腫《は》れぼったくて黒ずんでいる。自宅でシャワーを浴びて着替えてきて正解だった。そうでなければ、不審者に見えたに違いない。あとは、相手が僕の顔を憶《おぼ》えていることを祈るだけだ。

下校する児童たちを注意深く観察していると、目的の少年が現れた。友達と二人でいる。二人が信号のある交差点を左に曲がり、僕の視界から消える。少し経ったあと、僕はゆっくりと車を発進させた。

少年の下校ルートはあらかじめ頭に入れてある。僕は彼らが曲がった通りの一本先の交差点を左折した。そのまま、少年が通るルートに先回りして車を路肩に停める。

数分後、先ほどの少年が一人でこちらに歩いてきた。どうやら友達とは別れたようだった。好都合だ。

少年が近づくのを見計らい、車を降りようとする。が、直前に思い留まり、再度バックミラーで自分の顔を確認する。

そうだ。危うく忘れるところだった。

僕は鏡の自分に向かって笑みを作った。その表情を保ったまま、車を降りて少年に声をかけた。

「こんにちは、仙波圭太くん」

第六章

1　仙波佳代子／現在

「仙波先生が遺伝子研究の道を志《こころざ》したきっかけを教えてください」

またそれね。

仙波佳代子は微笑を崩さず、口の中でそうつぶやいた。そろそろ、自身のホームページの『ＦＡＱ（よくあるご質問）』に加えてもいいかもしれない。

そんなふうなことを思いつつ、佳代子はいつも通りにこう答えた。

「私が中学生のころ……まだ六十年代後半のころですね、父の書斎にあった小さな本を手に取ったときから、私の運命は決まっていました。『生命とは何か』。オーストリアの物理学者、エルヴィン・シュレーディンガーの書いた本です。それから、私は遺伝子に夢中になりました」

実のところを言えば、この言葉は大学の研究室に配属されたころ、同じく新人だった、もう名前も忘れてしまった男子学生の自己紹介をそのまま拝借しているに過ぎない。

佳代子が遺伝子の虜になった理由は別にある。

佳代子の父方の祖父は長野《ながの》県の飯田《いいだ》市で小さな花農園を営んでいた。幼少時代、夏になると彼女たち家族は祖父の家へ帰省していた。当時、祖父の家では花のほとんどを露地栽培で育てており、家の裏手にはルドベキアという、やや赤みを帯びた黄色と黒の美しい花々が咲き誇っていた。佳代子と一つ年上の姉は、近所に住む従妹たちとともに、その花畑でよく遊んでいた。

それは佳代子が小学二年のとき、母と二人でお互いの花飾りを見つくろっていたときだった。

「いやぁ！　何よ、これ！」

すぐそばで従妹たちと鬼ごっこをしていた姉の叫び声が聞こえた。佳代子と母は『またか』といったふうに顔を見合わせた。姉は普段から何をするにも大げさで、小学校に上がるまでは佳代子もそんな彼女を真似ていたのだけれど、このころにはすでにうんざりしていた。結局、姉の性格は古希を過ぎた現在に至るまで、変わることはなかった。

そんなこともあり、佳代子と母は『どうせ大きな毛虫でも見つけたのだろう』と無視していた。しかし、あとから従妹たちの悲鳴も聞こえたため、気になって姉たちのもとへ向かった。

姉たちは足元に生えているルドベキアに注目していた。

「どうかしたの?」

「お母さん、見てよ、これ!」

姉の指差した先には一輪の花があった。しかし、それは周囲の花とは見るからに異質なものだった。

「ひっ」

隣で母が情けない声を出すのを耳にしながら、佳代子は近づいて観察した。

それは奇形の花だった。花の中央の黒い部分は、本来であれば丸い形状をしているはずだった。だが、この花はそれが長い芋虫のように弧を描いて縦長に伸び、周囲の花弁も不気味に連なっていた。

その花を見た瞬間、佳代子は、これまで感じたことのないような興奮を覚えた。

のちにそれは〝帯化〟と呼ばれる、遺伝子のエラーがもたらす突然変異であり、ルドベキアのようなキク科の花にはよく見られる現象であると知った。が、当然のことながら当時はそんなことを知るはずもなく、ただただそのいびつな姿に心を奪われた。

生き物が神によって形作られているのであれば、その花は間違いなく神の失敗作だった。彼女は神ですら誤ることを知り、同時に神に親しみを感じた。

それをきっかけに、佳代子は生命の神秘を紐解くことに夢中になり、円木警枕《えんぼくけいちん》でその学問に傾倒していった。その原動力は、神を理解し、そして自らもその視座に立ちたいという欲求だった。

中学に上がるころには、すべての生命が、A（アデニン）、T（チミン）、G（グアニン）、C（シトシン）のたった四文字からなる一次元の文字列に運命を支配されているという天則を理解していた。

銀行に勤めていた佳代子の父は、勉学に勤《いそ》しむ彼女を褒《ほ》め、あらゆる学術書を買い与えた。彼女が大学に通うことも許してくれた。

晴れて研究者となったあとも、佳代子は変わらず自らの欲望に忠実に突き進んだ。たくさんの人間とさまざまなプロジェクトに携わった。

時には倫理に反することもあった。引き換えに、その分の成果は科学の進歩に還元した。その結果、世間から多くの賞や称賛を受けたが、それらは彼女自身が自らの欲を満たしたあとの排泄物《はいせつぶつ》でしかなかった。

自らの欲を完全に消化した佳代子は、研究の第一線から退いた。

その熱は孫の圭太へと移っていった。代わりに、残りのキャリアを次の世代の育成に充てることにした。

多くの若い学生と出会った。中には優秀と思われる若者もいた。しかし、彼らが研究者として名を馳《は》せることはないとわかっていた。彼らの目はとても澄んでいて、人類への貢献を目指し、野心に燃えていた。しかし、それではだめなのだ。

遺伝子学者に必要なのは、生命への歪んだ好奇心。

そして、神を演じようとする傲慢さ。

それでも、今の彼女には彼らの気持ちが理解できる。きっと、彼らには自身の欲よりも優先できる大切な存在がいるのだろう。佳代子にとっての圭太のように。

そんな過去を振り返りながら、佳代子はその日の講演を終えた。都内の大学で催されたものだった。女性職員に見送られて大学の敷地を出たとき、嫁の友江から着信が入った。

珍しい。あの娘《こ》から電話連絡があるなんて。佳代子の記憶では、夫が自宅で倒れたとき以来だ。胸騒ぎがした。

「なあに、友江さん」

〈お義母さん、大変なの。圭太が、誘拐されてしまいました〉

佳代子は頭が真っ白になった。

圭太が、誘拐された？

「どういうこと？」

友江の説明は要領を得なかった。辛《かろ》うじて理解できたのは、午後には帰宅するはずの圭太が帰ってこないこと、犯人と思われる男から電話があったこと、そして犯人は佳代子との直接の交渉を望んでいることだった。

友江は警察にも潤平にも相談していないらしい。犯人曰く、佳代子以外に話を漏らせば圭太の命はないとのことだった。

「それで、私はどうすればいいの？」

〈え、えっと、その……〉

「友江さん、落ち着いて」

電話口の向こうで、友江の唾を飲む音が聞こえた。

〈犯人は……その、ループクンドの人骨の研究データを渡してほしいと、そう言っていました〉

不意に、二つの場面が同時に浮かび上がった。

一つは、氷の湖を埋めつくす人骨の山と、それを背にした男の姿。七瀬京一。

もう一つは、部屋で血の泡を噴いている男の姿。石見崎明彦。

〈データの受け渡し場所は、市川《いちかわ》市の佐浦《さうら》霊園という場所です。今日の六時までに〉

午後六時まで。

現在時刻は午後四時半を過ぎたところだった。

時間がない。佳代子は電話でタクシーを呼んだ。

2　仙波佳代子／現在

中央自動車道と首都高速四号新宿線を乗り継ぐ。佐浦霊園近くにたどり着いたころには、すでに日が落ちはじめていた。約束の時刻を七分も過ぎている。

「本当にここでいいんですか？」

タクシー運転手が怪訝な様子で尋ねてきた。ここまでの道中、佳代子は運転手を執《しつ》拗《よう》に急《せ》かしていた。そのたどり着いた先が墓場となると、奇妙に感じて当然だろう。

「いいから、早く降ろして」

霊園は小高い丘の上にあり、タクシーはその麓で停車した。

タクシー運転手は佳代子の態度に愛想をつかした様子だった。料金を受け取り終えると、挨拶もなしにドアを閉めて去っていった。

あたりは静かだった。丘の周囲には赤茶色の外壁をした古びた眼科医院と、シャッターを下ろした英会話教室、人の気配のしない鼠《ねずみ》色のアパートがあるだけだった。

佳代子は丘の上に続く石造りの階段をのぼった。できることなら一段飛ばしで駆け上がりたかった。足を止めた時間だけ、圭太の身の安全が不確かなものになる気がしった。だが、老いた体が逸る気持ちについていかない。データを取りにいったん家に戻ったが、圭太はもちろん、なぜか友江もいなかった。とてつもなく不安だった。

なんとか頂上にたどり着く。視界の先には、夕焼けに染まったいくつもの墓石が並んでいた。しかし、人の姿はない。

墓場の中央には葉の茂った立派なしだれ桜が植えられていた。樹齢は優に百年は超えているだろう。

しだれ桜の木の根元まで歩く。その影の最も濃いところに、青と紫の、小さな紫陽花のブーケが置かれた墓石があった。『石見崎家之墓』。

改めて周囲を見回す。しかし、誰も現れない。携帯電話を確認するが、友江からの連絡もない。そこに留まるしかなかった。

佳代子は墓石に視線を戻した。

石見崎明彦。哀れな男だった。

罪悪感と使命感に駆られて動き回るうちに、手負いの巨象にその存在を気取られてしまった。自分たち研究者は、過去にどれだけの実績を積もうが、この資本主義社会においては蟻のようにちっぽけなのだ。

我々にできることは、巨象の機嫌を損ねぬよう、与えられた巣の中に身を潜めておくほかない。日の光を浴びていいのは、彼らに許されたときだけだ。

彼も、そんなことは理解しているものと思っていたのだが。

一陣の風が墓石の隙間を縫うように吹いた。頭上の葉がざわざわと揺れる。

気配を感じた。

沈みかけた夕日を背に、一人の若者がやってきた。先日の講演会で出会った、さわやかな美青年。

「ご足労おかけしました」

七瀬悠の声はいたって穏やかだった。小さく笑みを浮かべたその表情は、決して自らが優位な立場にあるゆえの余裕から来るものでない。良好な関係を築こうと本心から思っているように見えた。

実に感じがいい。そう思った。

『魚心あれば水心』とは言うが、このような状況でなければ――この若者が単なる自分の教え子であれば――簡単に気を許していただろう。教員なら誰しも、こんな学生にならどれだけの時間を割いてもいいと思わせてしまう。そんな魅力を、この若者のたった一言の挨拶から感じ取った。

「圭太はどこ?」

言葉を発するとともに、名状しがたい感情がこみ上げてくるのを感じた。

目の前の男は圭太をさらった憎き誘拐犯だ。そのはずなのだが、佳代子にはなぜか、圭太を救い出せる唯一の救世主に見えてしまう。

「圭太くんなら無事です」

七瀬悠は佳代子の横に立って、石見崎家の墓標に体を向けた。

「無事というのは――」

「先生がデータを渡し、僕と話をしてくだされば、彼を友江さんのもとにお返しします」

『先生』という呼び名が自分を指していたことに、すぐには気づけなかった。

佳代子はUSBメモリを青年に手渡した。

「これが研究データよ」

「それで、話というのは？」

隣に立つ七瀬悠を横目で見る。彼の両目の下に痣《あざ》のような隈があることに気づいた。まるで何日も寝ていないようだった。

引いていた不安が再び押し寄せてくる。この男の精神状態は、正常なのか？

「あなたが過去に日江製薬でおこなっていた研究と、僕の妹、七瀬紫陽との関係です」

今度は、七瀬悠が佳代子を見た。

そのとき、佳代子は考えを改めた。横にいる青年から感じられる柔らかな雰囲気は造り物だと。その貼りつけられた笑顔の裏には、底知れぬ憤怒《ふんぬ》が隠されている。

「どうやら、ほとんど理解しているようね」

七瀬悠は小さく頷いた。

「紫陽が言っていたんです。僕の実家近くの山城に咲く紫陽花を見て、『私と一緒だと』」

「どういうこと？」

七瀬悠は懐かしむように目を細める。

「その山城の紫陽花は、地元の小学生が学校の行事で植えたものなんです。挿し木をね」

佳代子は戦慄《せんりつ》した。あの子自身も知っていたのだ。自らの素性を。

「紫陽は挿し木だった」

七瀬悠の瞳の奥に、憎しみの黒い渦が巻いていた。

「あなたや石見崎先生、そして七瀬京一が携わった研究とは、死者の複製だった」

佳代子は何も言わなかった。

「七瀬紫陽は……ループクンドの人骨から無性生殖で複製された人間だ」

挿し木。

それはこの人類社会において、最も原始的で、最も身近な生物の複製手段だ。

一九〇三年、カリフォルニア大学の植物生理学者であるハーバート・ジョン・ウェッバー教授は、複製によって遺伝的に同一である個体を、〝挿し木〟を意味する言葉を使い、こう称した。

〝クローン〟と。

「教えてください。仙波先生。すべての真相を」

3　仙波佳代子／二十九年前

その当時の佳代子は、飛ぶ鳥を落とす勢いで研究者としてのキャリアを積み上げていた。傍《はた》から見れば間違いなく順風満帆《まんぱん》だっただろう。

しかし、彼女は絶望していた。

その少し前、彼女はケンブリッジ大学のキャヴェンディッシュ研究所に招聘《しょうへい》研究員として招かれ、遺伝子治療の研究をおこなっていた。そこでは日本では考えられないような潤沢《じゅんたく》な資金をもとに、最先端の設備と名高い研究者たちが世界中から集められていた。研究者であれば誰もが夢見るような環境だった。

だが、そこでの研究は軌道に乗る寸前でストップした。市民団体の声を受けた政治家からの圧力によるものだった。

九〇年代後半当時、遺伝子治療の分野はまだ黎明期《れいめいき》であり、大半の遺伝病については治療法がなかった。

ハンチントン病やアルツハイマー病、デュシェンヌ型筋ジストロフィーなど、多くの遺伝病は神経や筋肉などの特定の組織の細胞をひとつひとつ冒していく。佳代子たちはそれらを健康な細胞に置き換えることで、治療できるようになるのではないかと考えた。健康な細胞は、胚から作られた幹細胞と呼ばれるどんな細胞でも作り出せる万能の細胞で作ることができる。彼女は胚細胞についての知見を買われ、研究チームに招かれたのだった。

しかし、その研究に対する反対の声は凄《すさ》まじいものがあった。宗教色の強いイギリスだったから、という理由もあったのだろう。だが、それを差し引いても、大衆紙に煽《あお》られた市民たちの反応は集団ヒステリーと呼んでもよかった。

彼ら曰く「『細胞を入れ替える』という〝不自然〟な研究は、生物災害を招きかねない」のだという。彼らの目には、佳代子たちがパンドラの箱を開けようとするマッド・サイエンティストに映ったのだろう。

当初の佳代子たちは、何もデータがない中で、『危険がない』ことを世に証明するという論理的困難に立ち向かおうとした。しかし、それも長く続くことなく、研究チームは早々に解散する羽目となった。

佳代子はその出来事をきっかけに、皮肉にも、宗教観に根ざした生命倫理の制約が希薄である生まれ故郷の日本に、遺伝子研究の将来性を感じた。

しかし、その期待もすぐに崩れ去った。保守的な企業経営陣と官僚たちによって雁字搦《がんじがら》めにされた日本の分子生物学は、生きる場を失っていた。

彼女の好奇心に根ざした情熱は死にかけていた。

そんなときだった。悪魔が、彼女を誘惑してきた。

「導師の復活に手を貸していただきたい」

唐突に彼女の家を訪ねてきた男はそう言った。

黒のトレンチコートに山高帽をかぶった大男。彼は自らを『牛尾』と名乗った。

「導師？」

宗教の勧誘であれば追い払うつもりだった。だが男の目には言い知れぬ魔力を感じた。

「真鍋宗次郎。樹木の会の教祖です」

樹木の会も、その教祖である真鍋宗次郎の名も、世間一般には知られていた。彼らと、大手製薬会社の日江製薬創業者、七瀬弓彦の交流が深いことも耳にしたことがあった。一部のゴシップ誌にはよく取り上げられていたそうだ。

ただ、真鍋宗次郎がすでに数年前に故人となっていた事実は、牛尾に聞かされて初めて知った。最も、牛尾は死という言葉は使用せず、『化身の崩壊』だとか『次のレベルへの昇華』などと表現していたが。

「今の化身が崩壊する直前、導師はある預言を授かりました。『樹木の会を継ぐのは男たちではない。魂の廻《めぐ》る地から蘇る聖母こそが、すべての生命を強く統合する』のだと」

「ようするに『女性を後継者としたい』ということね」

「そのために、あなたの力が欲しい」

「話が見えないのだけれど。後継者なら、真鍋宗次郎の娘にでも継がせればいい。母となる女性信者なら、手に余るほどにいたでしょう」

「導師は、神から与えられた試練として、子を残すことができませんでした」

「生殖能力がなかった、ということ？」

「あなたの解釈でいうなら、そういうことです」

「それで、私に何をしろと？」

牛尾は薄気味悪く笑った。

「『魂の廻る地』とは、インドのとある湖を指します。そこには無数の骨が残されているのですが、そのうちの一つから聖母を造っていただきたい」

「私に、骨からクローンを作れということ？」

牛尾は牛革の手提げ鞄から資料の束を取り出した。

「ご存じかとは思いますが、我々の同志に日江製薬の七瀬弓彦がいます。設備も、人材も、資金も、彼が全面的に協力してくれる」

「無理よ」

「どうして？」

「死んだ細胞から、人は作れない」

佳代子がそう言うと、牛尾は再び笑った。

「安心しました」

「何が？」

「普通の科学者であれば、断るにしても、まず倫理を持ち出してくる。技術的な課題であれば、あなたと私たちが協力すれば乗り越えられる」

「本気で言ってるの？」

紳士は口元を歪ませた。

「クローンで後継者を作りたいのだったら、生前の真鍋宗次郎のＤＮＡを使って作ればよかったでしょ」

「作りましたよ」

牛尾は自分の胸に掌を当てた。

「もしかして、あなた？」

「私だけではありません。が、どちらにしても、私たちは――」

「選ばれなかった」

牛尾は頷いた。

「そういうことです。導師は、唯一無二の存在です。同一の化身を持つ我々を認めることはなかった」

にわかには信じられなかった。目の前にいる人間が、クローン人間？　いくら大企業であろうとも、明らかに違法な研究を、世間の目をかいくぐってできるものなのだろうか。

だが、もし目の前の男の言うことが真実なのであれば、男の提案は分子生物学者であれば垂涎《すいぜん》に値するものであるには違いない。実際のところ、彼女自身も体の芯が熱くなっていた。

もし、すべての柵を断ち切り、ありとあらゆるリソースを使って研究ができるのであれば、それはまさしく神を演じるに匹敵する。

「どうでしょう、仙波先生。我々と一緒に、神を創りませんか？」

牛尾の差し出した手を、佳代子は躊躇することなく握った。

だけどね、と佳代子は心の中でつぶやいた。

――創るのではない。私が神となるのよ。

4　仙波佳代子／現在

「皮肉な話だったわ。欧米では宗教的倫理感が科学の発展の枷《かせ》になる一方で、日本では宗教で倫理的ハードルを軽々と越えてしまった。ある意味で、日本の宗教は他国よりも進歩的なのかもしれない」

「どうして、わざわざ死体からクローンを作るなんて真似を？」

七瀬悠が尋ねた。

「真鍋宗次郎の預言が、死者からのクローン生成を示唆していたわけではないわ。実際にクローンを作ろうと提言したのは七瀬弓彦だった。でも、子を成せなかった真鍋宗次郎は、後継者を置きたい一方で、自分と血を分けていない人間に跡を継がせたくないジレンマに陥っていた。だから、当初は自らのクローンである牛尾を造った」

「どうして牛尾を後継者にしなかったのでしょう？」

「自らのクローンを目の当たりにして、気が変わったのかもしれない。普通の感性であれば、自分と同一の遺伝子を持つ人間なんて、生理的に受け付けないでしょうし。もしくは、自身と同様に生殖機能のないクローン体を残したところで、未来はないと気づいたのかもしれない。こればかりはわからない」

「僕の父と出会ったのも、そのとき？」

「ええ。七瀬京一は、七瀬弓彦の息子で、のちの社長となる器《うつわ》だった。死者のクローン研究は極秘プロジェクトにあたる。だからこそ、その取りまとめを信頼できる息子に任せたのね」

「プロジェクトのメンバーは？」

「全体を把握していたのは、私と七瀬京一、そして同じく幹部候補だった石見崎明彦だけね。ほかは部分的な研究成果だけを課せられた研究員が五、六十人いたわ。でも彼らは、自分たちが本当はなんの研究に携わっているかは見当もつかなかったはず」

話しながら、佳代子は不思議な愉悦を抱く。まるで思い出話に花を咲かせるかのような心地よさだった。もしかすると、自分はずっと、誰かに語りたかったのかもしれない。

この大いなる偉業について。

「研究は順調に進んだ。研究課題のブレイクスルーの見込みを立てることができた私たちは、インドのＣＣＭＢの協力を経て、ループクンド湖に人骨を採取しにいった。樹木の会の聖なる象徴、つまりイコンとなる聖母の骨をね。ループクンド湖は私たちの研究には最適な場所だった。遺体は凍りついていて劣化が進んでいないし、人骨を入手するのも容易だった。当時はあの湖の人骨の保全状態なんてほとんど管理されていなかったから。それで私たちは、若く健康的な女性の白骨遺体を見つくろい、ルーツの解明という名目で、もっとも保存状態のよかった左大腿骨と背骨を持ち帰った。遺体の残りはCCMBに保管するよう依頼してね」

「その名もなき女性の遺体から、紫陽は造られた」

「そう。ただ問題があった。そもそもの話、当時、死体からクローン生成が不可能とされていた理由は、凍結死体からの核移植が困難だったからなの。死体から単一細胞を取り出すことができなかったのね。だから私たちは、細胞を培養液内ですり潰《つぶ》して核だけを押し出す手法を考案した。その押し出した核を受け皿となるレシピエント細胞に入れることで胚を作り、それを代理母体に移植すれば、あとは出産を待つだけだった。でも、移植後の胚盤胞を形成する過程で、代理母体かクローン体、あるいはその両方のDNAに取り返しのつかないダメージを与える可能性が浮上した。そのため私たちは代理母の選定に手をこまねいた」

佳代子は我に返り言葉を切った。七瀬悠の横顔をうかがう。

この青年に、いったい、どこまで話せばいい？

「それで？」

七瀬悠が判然としない視線を向けた。

佳代子は覚悟を決めた。

「しばらくしてから、樹木の会が代理母の候補として、五人の二十代女性を送りこんできた。どういうプロセスで選ばれたのかは知らされなかった。いずれにせよ、その実験の末、一人の女性が無事に身ごもった。その女性の名は——」

「七瀬楓」

七瀬悠はまっすぐに佳代子を見ていた。彼の顔は細かく震え、頬は赤くなっていた。

彼はもう、怒りを隠しきれなくなっていた。

「当時の姓は戸崎《とざき》、戸崎楓。僕の母だ」

5　七瀬悠／現在

この目の前の老婆を絞め殺すことは、いともたやすい。

淡々と、思い出話を語るように狂気の研究について説明するこの女の顔を苦痛で歪ませたかった。地面に頭を擦りつけさせ、これまでのおこないについて懺悔《ざんげ》させたかった。そうさせることが、この世の中のためになるんじゃないかとも思った。

それでも、僕は必死でこらえていた。

目的を忘れてはならない。僕が叶えるべき唯一の望みは、紫陽を見つけ救い出すことだ。

僕は怒りを鎮めるため、できる限り仙波佳代子を視界に入れないようにした。石見崎家の墓石だけに視線を集中し、彼女の告白に耳を傾けていた。

「その通りよ」

仙波佳代子は言った。

「それで生まれたのが、紫陽、ですか？」

「ええ。終わってみれば、代理母体の戸崎楓には懸念されていた有害作用も認められず、クローン体にも異常は見られなかった。まさに母子ともに健康。でも間が悪いことに、ちょうど同じ時期に会長の七瀬弓彦が亡くなったの。そこから潮目が変わったわ。七瀬弓彦が存命であれば、私たちの研究はどんな理由があろうとも進められたでしょう。けれど、樹木の会とは縁のない人間がトップに就いた時点で、プロジェクトは死んだも同然だった。チームは解散し、私と日江製薬との関係はそれ以来なくなった」

「そのとき、紫陽は七瀬京一に引き取られたのですか？」

「さあ、私は何も知らされていない」

結果的に見れば、そうなのだろう。紫陽の誕生後、七瀬京一が男手一つで彼女を育て、その後、僕の母の楓と結婚した。

だが、どうして？

研究が終わった時点で、京一と母さんの縁は切れたはずだ。

しかし、明らかになったこともある。

「さきほど、僕の母には影響がなかったと言っていましたが、それは誤りです」

「そうだったみたいね」

仙波佳代子は他人事のように言った。

「彼女が亡くなった事実を知ったのは、つい先日。突然、石見崎から連絡があったの。『話がある』とね」

「石見崎先生はどうしてあなたに連絡を？」

「罪悪感と使命感。……そうでしょ？」

仙波は石見崎が眠る墓石にそう問いかけた。

「石見崎はあのプロジェクトが終わったあと、日江製薬を辞職した。その後はあなたの知る通り、大学で教鞭を執っていたようね。その間、彼はずっと罪悪感に苛《さいな》まれていたみたい。七瀬楓の死亡を把握していたのが大きかったようね。彼は会社を辞めたあとも、七瀬京一とは交流があったみたいだから」

「でも、石見崎先生はどうして今になって、あなたに連絡を？」

「恐らく、牛尾が再び動きだしたから」

そのとき初めて、仙波佳代子の声に怯えの色が見えた。

「どういうことです？」

「きっかけはわからない。けど、石見崎は最近になって、当時のプロジェクトに深く携わった人間が、失踪や不審死を遂げている状況に気づいたようなの。ループクンド湖に同行した学者や、協力してくれたCCMBの人間、日江製薬の重役たちも同様だった。日江製薬か樹木の会、もしくはその両方が、今になってクローン研究を隠蔽しようとしていた。だから、石見崎は自らに危険が及ぶ前に、日江製薬のスキャンダルを世間に公表するつもりだったようね」

「石見崎先生は、そのことであなたに協力を求めた」

「そう。彼一人では何もできなかった。証拠もなかった。だから、七瀬楓の死を知らせることで、私のモラルに問いかけた。私なら、あのプロジェクトの研究データを手元に置いていたから。こうなったときの保険としてね」

「でも、あなたは取り合わなかった」

「それは間違いよ。確かに最初は断った。けれど考えを改めたの。でも、遅かった。話をしに石見崎の家を訪れたら、そこには牛尾と、血を噴いて倒れている石見崎がいたの。牛尾は言ったわ。『仙波先生のことは信じています』とね。私は『自分の身に何かが起きたら、不特定多数の人間に研究データがばら撒《ま》かれる』と警告したわ。ほとんどはハッタリだったけど、私が今も生かされていることを考えると、多少の効果はあったようね」

「石見崎先生はどうして僕に打ち明けなかったのでしょうか」

「あなたを牛尾の標的にしたくなかったのでしょう。そもそも、石見崎は初めから慎重だった。彼には娘がいたから」

娘、という言葉で僕は思い出した。

「真理さんは？　あなたが石見崎先生の死体を目撃した際、真理さんはいましたか？」

「いいえ、見てないわ。考えにも及ばなかった」

仙波の顔を見る。嘘をついている様子はない。

「七瀬紫陽についても、心当たりはないわ。七瀬京一が引き取ったことも、あなたの妹になったことも知らなかったのだから」

僕は仙波佳代子の目を見た。本当のことを言っているようにも、嘘をついているようにも見えた。どちらにせよ、これ以上、彼女から聞きだせることはなさそうだった。

「わかりました」

僕は仙波に背を向けた。

「圭太は？」

「……もうすでに、友江さんのもとにいますよ」

6　仙波友江／現在

友江自身、あの青年に協力した理由を、はっきりとは説明できない。

今日の早朝に彼から突然連絡があり、義母である佳代子に対して茶番を打ってほしいと頼まれたのだった。

自宅に訪れた彼は、友江に『キッザニア東京』のチケットを二枚手渡し、息子とともに豊洲《とよす》で過ごしてほしいと言った。

「どういうわけ？」

友江は尋ねた。

ほとんど不法侵入に近い真似をされたばかりで、今度は義母を騙してほしいと依頼する。義母の味方をするつもりはさらさらないが、手を貸す理由もなかった。あまりにも怪しすぎる。

「以前も言った通り、すべては、僕の妹を取り返すためです」

青年は憔悴し切っている様子で話を始めた。

彼の妹が、義母が過去におこなった実験で作られたこと。彼の母親も義母の実験の後遺症で亡くなったこと。

彼の話はところどころ曖昧で、内容もにわかには信じがたいものだった。だが、青年の話し振りには、どこか真に迫るものがあった。

「あなたに迷惑はかけません。僕が圭太くんを学校まで車で迎えにいき、あなたとともに豊洲まで送り届けます。そのあとは、僕に言われた通りに仙波佳代子さんに電話していただくだけでいい」

「私が協力する筋合いはないわ。この前、私の気まぐれであなたを見逃したからって、あなたの味方になったわけじゃない。今から警察に突き出してもいいのよ？」

「わかっています。でも僕にはもう、あなたしか頼れる人がいない」

青年はそう言って、友江に深々と頭を下げた。

正直なところを言えば、友江は、青年自身とその彼のお願いに、これ以上ないほど興味をそそられていた。

代わり映えのない退屈な日々に現れた、一人の美青年。

目鼻立ちのくっきりとした美しい姿には、誰しもうっとりするだろう。そんな彼が、自分に頭を下げて懇願している。『あなたしか頼れる人がいない』と。夫にすら言われた記憶がない言葉だ。

この時点で、友江の答えは決まっていた。義母への鬱憤を晴らすいい機会だし、あとから詰め寄られても『脅されていたから』と応えればいい。

それでも友江は、彼に意地悪をしたくなった。

「私にメリットがないじゃない」

青年は顔を上げた。困った表情が見られるものと期待していた。だが、彼はその言葉を予期していたようだった。

「あなたが望むものなら、なんでも差し上げます」

その言葉だけで十分だった。

青年は、これまでに作り笑いや真摯《しんし》な目、憂いに満ちた表情を見せてきた。友江が望むものは、それ以外の顔。

友江は彼の頬に手を当てた。

「だったら、あなたの時間をちょうだい」

7　七瀬悠／現在

仙波は友江との通話を終えた。

「……ええ、わかったわ。よかった」

仙波は安堵のため息とともに、電話を切った。

「無事だったでしょう？　圭太くん」

「友江さんを抱えこんだのね」

「さあ、どうでしょうかね」

もう、彼女に用はなかった。僕がその場を立ち去ろうとすると、仙波が口を開いた。

「日江市の応用技術研究センターに行きなさい」

僕は振り返った。

「今は閉鎖されているけど、もともとは日江製薬の研究施設だった場所よ。例の極秘プロジェクトも、そこでおこなわれたの」

「あそこに何があるんですか？」

「わからない。ただ石見崎が死んだ日、本来であれば、私も彼とともにそこへ向かう予定だったの。彼はそこで私に見せたい何かがあると言っていた。今となっては、それがなんだったのかは知る由もないけれど」

僕は車で日江市に向かっていた。目的地は日江製薬応用技術センター。いつかの夏、紫陽と二人でプロジェクターを運び出した廃墟だ。

常磐自動車道を通る道すがら、バックミラー越しに凄まじい稲光が閃《ひらめ》いた。間髪《かんはつ》を容《い》れずに、爆撃のような雷鳴が轟《とどろ》く。

日江市に入ったころには、滝のような雨がフロントガラスを叩きはじめていた。記憶を頼りに山道を登ると、目的地にたどり着いた。

時刻は午後九時を過ぎていた。

思い出の地は、最後に目にしたときと代わり映えしなかった。荒れ果てた敷地に、弾丸のような雨粒が降り注いでいる。

僕は運転席を降り、バリケードをどかしたあと、敷地に車を乗り入れた。敷地に入ると、茂みの奥のほうに、白のワンボックスカーが停められているのが見えた。

車を降り、雨に打たれながら裏口に向かった。ドアノブを回す。鍵は開いていた。扉を閉めると、完全な闇に包まれた。雨音のノイズが遮断され、急な静寂が訪れる。スマートフォンのライトを点けた。しゃがんで床を観察する。廊下の中央部分を覆う埃に、うっすらと足跡のようなものがあった。何者かが、何度も行き来しているのは間違いない。

立ち上がり、慎重に前へと進む。どこに向かうべきかは、わかっていた。聞こえてくるのは、僕の息と濡れた足音、あとは身体から滴る水滴の音くらいだった。

曲がり角にぶつかる。ライトを向けると、見覚えのある鉄の扉があった。『関係者以外立ち入り禁止』。僕は扉を開けた。

記憶通り、その先には階段があった。闇が深く、底が見えない。

僕は静かに降りはじめた。長い階段だった。

しばらくして、じめついたコンクリートの床に降り立った。目の前には、また扉。

『準備室』と印刷されたステッカーが貼られている。

深呼吸を一つして、ゆっくりと扉を開けた。

扉の隙間から、白い光が漏れ出る。同時に、腐った生ごみと糞尿《ふんにょう》を合わせたような臭いが鼻を突く。眩《まばゆ》い光に目を細めつつ、僕は扉を開け放った。

見えたのは、奥行きのある広い通路だった。

その瞬間だった。

「キイィィ！」

ガシャンという大きな音とともに、耳をつんざく鳴き声が放たれた。

目の前に、猿がいた。アカゲザルだ。壁沿いに積まれたケージの内側から、歯を剥《む》き出しにしてこちらを威嚇している。

その廊下には、いくつものケージが二段ずつ並べられていた。

手前の威勢がいい猿を除けば、ケージの中はほとんどが空だ。いたとしても、隅で怯えるように縮こまっているか、虚ろな目で虚空を見つめているだけだった。一番奥の猿に至っては、ほとんどの毛が抜け落ち、捨てられた人形のように横たわっている。

通路の奥には、また一つ、扉があった。そこに行き着く前に、扉がゆっくりと開いた。

「来たのか」

出てきたのは、七瀬京一だった。薄汚れた白衣を着ている。その姿には、いつものような厳格さはなかった。憑き物が落ちたような、何か諦観したような、そんな雰囲気がある。

京一に招かれた先は、年季の入った研究室だった。ボルテックス・ミキサーや顕微鏡、ディスプレイなどが置かれたさまは、石見崎研究室と似ている。しかし、広さはその三倍あった。奥には、空のベッドや心電図モニターなどもある。しかし、京一以外、部屋には誰もいなかった。

「ここは……」

「懺悔室だよ」

京一は机の前に置かれたスツールに腰かけ、僕にもその隣の椅子に座るよう促した。

「あの猿たちは？」

「クローンと、それを生んだ母親だ」

京一は即答した。

「随分と、あっさり認めるんですね」

「この期に及んで、きみに隠し立てすることは何もない」

「ただのクローンじゃないんでしょう？」

「そうだ。彼らは一片の大腿骨から生まれた」

「……死者のクローン。ここでも、まだ同じ研究を？」

京一は首を横に振った。

「ここでやっていることは、紫陽のためだ」

「紫陽？」

京一は、僕の目を見ながらゆっくりと頷いた。

「紫陽は生きている」

その一言は、長いあいだ、僕が自分自身に言い聞かせてきた言葉だった。

「すまなかった。私はずっときみを騙すような真似を――」

僕は無意識に立ち上がり、京一の胸倉を摑み上げていた。いつかの雨の日のように。

「僕が、僕がこれまでどれだけ――」

「すまなかった。だが仕方がなかった。私は紫陽の存在を隠し通す必要があった」

「どうして？」

「あの子を守るためだ」

「何から？」

「わかるだろう」

「牛尾、ですか……」

京一は頷いた。

「あの怪物は、日江製薬が過去におこなってきた数々の違法な研究の証拠や証人を完全に消し去ろうとしている。特にこのループクンドの人骨の研究がひとたび世に知れ渡れば、会社も樹木の会も終わりだ。中国企業による会社の乗っ取りなど、容易に達成される。だから、牛尾も容赦はしない。石見崎も、アレにやられたんだ」

「まるで、他人事のようですね。日江製薬はあなたの会社でしょう」

京一は鼻で笑った。

「私など操り人形でしかない」

「では誰が牛尾に指示を？」

「真鍋宗次郎。それと、私の父である七瀬弓彦だ」

「ふざけないでください。二人とも故人だ」

「ああ、だが意志は生きている」

「牛尾は、すでに死んだ人間の意志に基づいて動いていると？」

「それが宗教だよ」

京一は僕から離れて上置棚を開けた。中からウイスキーボトルとグラスを二つ取り出す。

「悠くん、ミノタウロスを知っているか?」

京一は部屋の隅に置かれた家庭用冷凍庫から氷を取り出してグラスに入れた。

「ギリシャ神話に登場する牛の頭をした化け物でしょう。山城美術館にも絵がある」

「もとはクレタ島の王ミノスが海神ポセイドンとの契《ちぎ》りを破った罰として、雄牛にしか欲情できなくなる呪いを受けた王妃から生まれた半人半牛の子だ。あまりの凶暴さに迷宮に幽閉され、そこに迷いこんだ者たちを次々と喰い殺していった」

京一はテーブルにグラスを置き、その一つを僕のほうへ滑らせた。

「その怪物が、なんです?」

「牛尾は、まさしくソレだ」

京一は自嘲《じちょう》気味に小さく笑った。

「人間の業を煮詰めたいびつな生い立ちで、その人外な凶暴性ゆえに恐れられ、真鍋宗次郎自身の手で社会から隔絶された忌《い》み子。そしてループクンドの人骨を中心に築かれた迷宮に迷いこんだ者たちを執拗に追い、最後には己《おのれ》の欲のままに喰い殺す」

京一はグラスに口をつけ、テーブルにそれを置き、僕を見上げた。

「私も、きみも、その迷宮にいる」

迷宮。

「きみには、ずっと謝罪しなければならないと思っていた」

「何について？」

「楓さんのことだ。我々の愚かな実験によって、彼女の人生は歪められた」

「母さんは樹木の会のために、自ら進んで代理母体になることを申し出たんですか？」

「そうだ。ほかにも四人いたが、楓さんは代理母のうち唯一の成功例だった」

「どうして、京一さんは母さんと結婚を？　昔の縁というのも嘘だったんですか？」

「それは本当だ。私たちは家が近所でね。家族ぐるみの付き合いがあったんだ。当時はよく彼女に勉強を教えてあげていたよ。だが再会は偶然だった。正直に言えば残念だったよ」

「残念？」

「彼女は本当に優秀でね。学校の成績もずっと一位だった」

「母さんが？　そんな話、聞いたことない」

「優れた才能を持った人ほど、過去の栄光をひた隠しにするものだよ。特に本来あるべきだった別の自分に思いを馳せながら、虚《むな》しい人生を歩まざるを得ない人にとってはね」

京一はグラスに口をつけて続ける。

「彼女が樹木の会に傾倒していったのは、きみの実の父親の死が原因だった。最愛の旦那さんを亡くしたことで、ああも優秀な女性が落ちぶれてしまったのは見ていてつらかった。彼女のほうも、はじめは樹木の会への篤信《とくしん》から選ばれたことに誇りを抱いていた様子だったが、研究の責任者が私だと知ると、次第に気恥ずかしさや後ろめたさを見せるようになった。きっと思い出の中の私と再び出会ったことで、自分が道を踏みはずしている状況を思い知らされたのだろう。だが、それは私も同じだった」

京一の目に涙が浮かんだ。

「当時の私は、会社に、父に認められようと必死だった。それがカルトの馬鹿げた妄想を実現させるための非人道的な研究であっても、成果を出すことに固執していた。そんな中で楓さんに再会し、私は目を覚ますことができた。私は〝研究者〟、彼女は〝協力者〟として、ともに過ごす時間が増えていった。彼女と過ごす時間はたとえようもなく楽しかったよ。まるで青春時代に舞い戻ったかのようだった」

過去を懐かしむように微笑む京一を、僕は黙って見ていた。

「やがて出産は予定通りにおこなわれた。だが、プロジェクトの最高責任者だった私の父が亡くなり、研究は頓挫《とんざ》した。チームは解散し、すべてが闇に葬られた」

「それで、紫陽は？」

「楓さんは〝樹木〟に我が子を献上することを望まなかった。そこで私たちは一計を案じた。赤ん坊は急死したと嘘の研究結果を報告し、紫陽の存在を完全に抹消することにした。楓さんには、しばらくのあいだは私が子供を預かると提案した。ほとぼりが冷めた暁《あかつき》には、必ず彼女のもとにその子を返すと約束してね」

「母が、樹木の会を裏切った？」

「信仰を捨てたわけではない。だが、彼女は信者である以前に一人の母親だった」

京一はウイスキーを一口含み、さらにつづけた。

「それから十四年後、私は約束通り紫陽を連れて楓さんに会いにいき、この町で結婚した」

「それは、償《つぐな》いのため？」

「それもあった。楓さんに紫陽と再会させ、また生活面でも援助できればとね。だが一番の理由は、私が彼女を愛していたからだ。そこに嘘偽りはない。だが――」

「母は死んだ」

京一は重い息を吐いた。

「つらかったよ。だから私は家を出た。あの家で暮らしていると、どうしても自分の無力さを思い知る羽目になってね。だが、喫緊《きっきん》の課題は紫陽だった。実験の影響で、生まれながらにして彼女の遺伝子には傷があるのが判明した。このままいけば、あの子も、楓さんと同じ運命をたどる可能性があった。私はあの子を実の娘のように愛していた。失うわけにはいかなかった」

「そのために、あなたはここで研究を？」

「そう。きみのお母さんと再婚する以前から、この建物を密《ひそ》かに買い取っていた。毎週、紫陽を病院に連れていっていただろう？　本当はここで独自に治療をおこなっていたんだ」

「一人で？」

「いいや。石見崎が私に協力してくれた」

「先生が……」

「石見崎もずっと、罪悪感を抱えながら生きてきたんだろう。会社を辞めたのも、そのせいだ」

「仙波さんは、石見崎先生にこの場所を教えられたと言っていましたが……」

「あいつは、私たちの過去の研究を世間に公表するつもりだった。仙波さんに紫陽の現状を知ってもらい、同情心を煽って協力を得るつもりだったんだろう」

「研究の公表には、あなたも賛成していたんですか？」

「いいや。そこだけは石見崎と意見が異なっていた。あのプロジェクトがひとたび公《おおやけ》にされれば、紫陽を守れなくなる。私は、紫陽の治療に専念したかった」

「それで、成果は？」

京一は静かに頷いて立ち上がった。部屋の壁際に備えられた大型の冷蔵庫を開け、一本のアンプルを取り出した。中には、透明な液体が入っている。

「それで紫陽は助かるんですか？」

「これぱっかりはわからない。彼女にはすでに投与済みだが……」

「紫陽は、ずっとここにいたんですか？　四年前に消えてから、ずっと」

「いや、別の場所で保護していた。ここで過ごしていたのはつい最近だ。いずれにせよ、牛尾から匿《かくま》うためには、紫陽の行方をくらます必要があった」

「だからって、どうして僕に黙っていたんですか」

「彼女がそれを望んでいた」

「意味がわからない。いったい、どういう理由で？」

「私の口からは説明できない」

「紫陽は今どこに――」

僕の質問を遮るように、テーブルに置かれたパソコンのディスプレイが点灯した。

京一が、即座に反応した。

「どうかしたんですか？」

ディスプレイを見ながら、京一は僕の問いかけを手で制した。

画面には白黒の防犯カメラの映像が四分割で映しだされていた。

「来たか」

京一が注視していたのは、正面玄関を内側から撮影したものだった。

自動扉の外、牛革の山高帽をかぶった大男の姿が一瞬、映りこんだ。

「牛尾……」

否応なしに体が震える。

「どうしてここに？」

「私が情報を流した」

「どうして？」

「ここで奴を始末する。あの男は、これ以上野放しにできない」

京一は、覚悟の眼差しを僕に向けた。

「だったら、僕も――」

「いや。きみにはやってほしいことがある」

京一は僕の肩に手を置いた。

「きみは山城美術館に行くんだ。そこに紫陽がいる。石見崎の娘、真理ちゃんと一緒だ」

「真理さんと？　どうして？」

「時間がない。詳しい話は向こうで訊いてくれ。きみはここから脱出して、紫陽と真理ちゃんを保護するんだ」

京一はそう言うと、僕の顔をまじまじと見つめた。

「石見崎が正しかった」

「えっ？」

「もっと早く、きみを信用し、すべてを打ち明けていればよかった。そうすれば、こんな状況にはならなかったかもしれない。……すまなかった」

「僕は――」

防犯カメラの映像に、再び影が映る。裏口から牛尾が侵入してきた。手には白のポリタンクが握られている。

ふいに牛尾が立ち止まった。そのまま、カメラのほうをおもむろに見上げると、爬《は》虫類《ちゅうるい》に似た笑みを僕らに向けた。

「こっちだ」

京一に促され、僕は部屋の奥に移動した。隅には、天井まで届きそうな大型のファイルキャビネットが設置されている。

「手伝ってくれ」

僕と京一は、力一杯キャビネットを横にずらした。すると、その裏に鉄製の扉があった。

「秘密の抜け道だ」

京一はぎこちない笑みを作った。頬が引きつっている。

「本当は使用していないゴミ処理場への道をふさいでいただけだったが、まさか役に立つとはな」

京一が扉を開けた先には、橙色《だいだい》の蛍光灯が灯った長い通路が延びていた。

「京一さんも逃げましょう」

京一はゆっくりとかぶりを振った。

「石見崎の無念を晴らしたい」

「だから僕も——」

「親友の敵《かたき》は、私ひとりで討つ。きみは今まで通り、紫陽のことだけを考えていてほしい。それが、紫陽にとって何よりも大切なことだから」

京一はそう言って僕の背を押しだした。

「さあ、行くんだ」

僕はためらった。だが京一のほうが頑《かたく》なであることは、彼の目を見れば一目瞭然《いちもくりょうぜん》だった。

「……あなたが父親であることを誇りに思います」

僕の言葉に、京一は少しだけ驚いた顔を見せたあと、静かに笑った。

「では、また会おう」

京一はそう言って扉を閉めた。

8　七瀬京一／現在

あらかじめ備えはしていた。

あの怪物が扉を開け放つ音や、猿たちの悲鳴が聞こえたときには、すでに愛する者たちの痕跡はすべて消していた。

残りの猶予《ゆうよ》で、京一はガン・ロッカーから猟銃を取り出す。

撃ち方は心得ている。若いころに付き合いで始めたクレー射撃の経験が功を奏した。

汗ばむ手で銃を折り畳み、装塡する。それから、扉の前に立つ。

足は肩幅に開き、銃床を四十五度の角度で胸に密着させ、頰を銃身につける。若いころに射撃場で習った通りの動作を真似る。

京一は扉に照準を合わせた。

開いた瞬間に撃つ。覚悟はできている。

こちらに近づく足音が聞こえてきた。

死の足音。

奴の死か、自身の死か。

いずれにせよ、どちらかが死ぬ。

口の中が乾く。
鼓動が速く、騒がしい。思わず引き金を引いてしまいそうになる。
足音が止まった。
扉は開かない。警戒されている？
その瞬間、ドアノブが回った。
時間が凝縮されたかのように、スローモーションで扉が開きはじめる。
現れた人影。
京一は引き金を引いた。

9 七瀬悠／現在

背後で銃声が鳴り響いた。
僕は振り向き、通路の先、閉ざされた扉に目を向けた。
「京一さん……」
一瞬、戻ろうかと逡巡した。しかし、行って何ができる？
僕は前を向き、目の前の扉を開けた。
開けた瞬間に、隙間から暴力的な雨風が流れこんできた。

外は闇に覆われ、黒く染まった分厚い雲を稲妻が紡《つむ》いでいる。

出た先は、山の開けた場所だった。生い茂った雑草に紛れて、焼却炉が立っている。

僕は携帯のライトを点け、山の斜面を降りていった。

10　七瀬京一／現在

引き金を引くと同時に、耳をつんざく轟音《ごうおん》が弾けた。

重い耳鳴りと火薬の臭い。撃った先で大量の血とはらわたがぶちまけられる。

だがそれは侵入者のものではなかった。

毛むくじゃらの小柄な体軀が、無残に床に落ちた。

それに目がいった、その一瞬だった。

扉の奥から目にも止まらぬ速さで巨大な影が飛びかかってきた。

まずい、と思う暇もなかった。

影は京一の首根っこを摑み、勢いよく彼を壁に叩きつけた。あまりの衝撃に、息が止まる。鼓膜も正常に戻らない中、音のない世界で身をよじり、反撃しようとする。

だが影は銃を持つ右手首を摑み、まさに赤子の手をひねるかの如《ごと》く、その腕を折った。

くぐもった悲鳴が京一の腹から漏れだす。しかし息はできない。赤く染まっていく視界の先には、獲物を嬲《なぶ》る獣の笑みがあった。

ここに至って、京一は自身に確実な死が訪れることを悟った。

すると、獣が口を開いた。

「私は猿が妬《ねた》ましい」

京一の首から、獣の手が離れた。京一はつまずき、必死に唾を飲みこんで奪われた呼吸を取り戻そうとした。視線の先には猿の亡骸《なきがら》があった。冷え切った瞳孔が京一を捉えている。

「彼らは人間より何倍もの腕力を持ちながら、人間から脅威と見なされていない。むしろ保護の対象だ。なぜか？」

牛尾はそう言って自分のこめかみをトントンと叩いた。

「脳の出来が、ほどよく悪いからだ」

「な、何を言っている？」

「私もそうありたかった」

牛尾はあの嫌な含み笑いをひと際大きくした。

「私の脳は欠陥品だ。だが猿ほど悪くもない。中途半端であるがゆえに、私は人から恐れられ、隔離され、管理されてきた。まあそれも仕方ない。なぜなら私は正常ではないのだから。例えば今のきみを見ても私は何も感じない。物心ついたときから、生物を見ると、どうやってそれを壊そうかと考えてしまうんだ。その理由はわかっている。遺伝子だ」

牛尾は、うずくまる私の前に椅子を引き寄せて、そこに座った。

「一九七八年のことだ。オランダ東部の古都ナイメーヘンの大学病院に勤務していたハンス・ブルンナーという臨床遺伝専門医が、ある一族の調査をおこなった」

「……なんの話だ」

「まあ、聞け。その一族は、異常な凶暴性を宿した男を何人も出していることで昔から知られていた。一人は自分の姉をレイプし、その後刑務所で看守を刺した。また別の一人は通っていた障がい者保護作業所で、管理者を車でひき殺そうとした。さらに別の二人は放火を犯していた。ハンス・ブルンナーが男たちの遺伝子を調査したところ、共通の欠陥があることを突き止めた。彼らの染色体では、モノアミン酸化酵素を作る遺伝子が変異し、機能しなくなっていることを見出したのだ」

「おまえも、そうだと？」

牛尾は頷いた。

「遺伝子を調べたんだ。なぜ私はこうなのか、とね」

「それで、さっきから何が、言いたいんだ？　おまえがこれまで、多くの人たちを痛めつけ、殺《あや》めてきたことが、許されるとでも？」

「いいや、そうではないよ。ただ理解してほしいだけだ。『私がこうなったのは、私のせいではない』とね」

京一はなんとか立ち上がろうとする。だが体に力が入らない。

「人を形成するのは『生まれ』か『育ち』か。古来より人類が抱える命題だ。私は『生まれ』がすべてだと思う。遺伝子がその者の運命のすべてを定める。どう生き、どう死ぬかを」

「それは違う。人間として生まれた以上――」

「私は人間ではない！」

まるで猛獣の咆哮《ほうこう》だった。

突如、牛尾は立ち上がった。その勢いに、椅子が倒れる。

「貴様らなどと一緒にされたくもない。ホモ・サピエンス？　自らを『賢い《サピエンス》』などと形容するその傲慢さが、私には醜く思えて仕方がない」

牛尾の瞳が狂気に揺れた。そして自らの顔をかきむしり、その手でテーブルの上の装置や器具などを叩き落としていった。

「こんな男に、石見崎は……」

京一は思わずつぶやく。すると牛尾の動きが止まった。いびつな笑みで京一を見る。

「石見崎といえば」

牛尾が再び口を開く。

「あのループクンドの人骨を追跡する中で、奴の教え子、七瀬悠と接触したのは僥倖《ぎょうこう》だった。七瀬紫陽という娘の存在……うまく隠していたようだな。彼女はどこにいる？」

京一は答えなかった。

牛尾は肩をすくめると、床に置かれた白いポリタンクに目をやった。

「では、私の相棒に頼らざるを得ない」

牛尾はそう言って、ポリタンクを掲げて見せた。

「苛性ソーダだ」

それを聞いたとたん、京一は恐怖で震えあがった。

「そ、それを使って、人を溶かしてきたのか？　生きたまま？」

「時間がなければ、石見崎のように〝中身〟だけを溶かしたが……今は誰にも邪魔されることはない」

牛尾はにったりと笑った。

「ちょ、ちょっと待ってくれ」

京一の制止などまったく気にする素振りも見せず、牛尾はポリタンクの蓋を開けた。

「お願いだ。おい、頼む——」

液体を全身に浴びる。

その瞬間、京一の体は地獄の業火に呑まれた。

第七章

1　七瀬悠／四年前

「行くの？　学校」

僕がそっとベッドから起きでたとき、隣で眠る紫陽がかすれ声で訊いてきた。彼女が日中に起きたのは珍しい。ここ最近の彼女は、眠ってばかりだった。

「さすがに今日はね。試験があるし」

服を着ながら、僕は答える。

「いいよ、試験なんて」

「留年なんかしたら、京一さんに顔向けできない」

「気にしないよ。あの人は」

紫陽はそう言って枕に顔を埋めた。

「それに、台風も来るって」

「来るのは夜だろ。こんな遠くから通っているのは僕くらいだし、そんなことでいちいち試験は流れたりしないんだよ。紫陽にはわかんないだろうけど……」

最後の一言は余計だった。

「ああ、そう。大変ですね。大学生殿は」

「紫陽……」

僕は紫陽の肩に触れた。が、彼女はそれを払いのける。

ここ最近、こんなふうなやりとりが増えた。

理由の一つは、二人でいる時間が以前より減ってしまったことが挙げられる。大学の講義は年々レベルが上がり、それに伴い提出する課題の量も膨大になっていったことで、否が応でもそれらに時間を割かなくてはならなかった。

でも僕としては、紫陽の変化も、今の空気感を作り出した原因の一端だと思っている。

「悠さ、私のこと好きじゃないの？」

また始まった。

「好きだよ。前にも言っただろ」

紫陽は変わった。精神的に不安定になっていた。初めて会ったころの神秘的な微笑やハッとするような怜悧《れいり》さは立ち消え、代わりに子供じみた言動や理由なき鬱屈が増えた。何より、彼女は僕に依存するようになっていた。

それでも僕は、変わらず彼女のことを愛していた。

「どこが？」

彼女は上体を起こした。透明な素肌があらわになる。

「えっ？」

「私のどこが好きなの？」

今日の彼女は、輪をかけてひどい。

「全部だよ」

「全部って？」

「……だから、きみのそのきれいな髪も、顔も、それと賢さも、全部だよ」

僕がそう言うと、紫陽は奇妙な笑みを浮かべた。

「じゃあ、私が禿《は》げてブスで馬鹿になったら、好きじゃなくなるんだ」

僕は笑った。ようやく冗談を言ってくれたと思ったのだ。

「もしそうなったら、それはもうきみじゃないだろ」

そんな言葉を発した瞬間だった。僕はぞっとした。

紫陽の冷笑が、何かの一線を越えた。狂気的な目の見開き。それはまるで、死刑を宣告され、一生の希望がすべて潰《つい》えたことを悟ったような、自棄の笑みだった。

「……だよね。私もそう思う」

その瞳には、底知れぬ絶望が浮かんでいた。

僕は恐ろしくなった。急いで身支度を済ませ、紫陽に向かって愛想笑いを浮かべる。

「じゃあ、行ってくるよ」

そして、それが彼女との最後の会話になった。

2　七瀬悠／現在

冷たい闇に沈んだ紫陽花の迷宮を、僕はひたすら駆けていた。ほのかに灯る外灯を頼りに、入り組んだ石階段を一つ飛ばしでのぼっていく。

滝のように降り注いでいた豪雨はいつしか弱まっていた。雨音は暗闇に揺れる木々の騒《ざわ》めきと雨蛙《あまがえる》の合唱に埋もれている。

紫陽は本当にいるのだろうか。この先の頂上にある、あの小さな美術館に。

いささか信じ難かった。

京一の言い方にも初めから含みがあった。京一は明らかに何かを隠している。

だとしても、ここで足を止めるわけにはいかなかった。紫陽への手がかりは、これ以上何も残されていないのだ。

最後の階段をのぼりきる。湿った夜風が頰を撫でた。楠の下を潜り、僕らの〝避難所〟にたどり着く。心許《こころもと》ない一本の外灯が、その洋館の輪郭を際立たせていた。夜にここを訪れたのは久しぶりだった。

僕は扉に手をかける。鍵は開いていた。

中は真っ暗だった。スマートフォンのライトを点けると、埃をかぶった赤絨毯の床が浮かびあがった。

しんとした空気の中、廊下を進んでいく。

歩みを進めていくうちに、在りし日の夜の記憶が蘇る。

プロジェクターを担いで、紫陽と小さな映画館を築き上げたときの達成感。

雨の中、去りゆく紫陽を抱き寄せたときに感じた体温。

エンドロールの中の、彼女の微笑。

ライトの淡い光輪を左右に動かしていくと、欧州調の木製の手すりが現れた。

すぐそばには油絵が掛かっている。ミノタウロスの絵画。その横には、鈍い光を放つ大斧があった。

そのとき、上階から軋《きし》む音がした。

「……紫陽？」

僕は手すりに触れ、足元を確かめながら慎重に階段を上がっていった。

上がった先には廊下がある。壁の両側に扉があり、一方は町を展望できる応接間、もう一方は山城側――つまり玄関側の部屋で、寝室となっている。僕と紫陽がたくさんの時間を過ごした場所だ。

「紫陽、いるのか？」

反応はない。だが、誰かが息を潜めているような、そんな気配がした。

ゆっくりと廊下を進む。歩を進めるにつれて心臓の鼓動が大きくなる。心音が足音を上回りはじめたころ、寝室の扉の前にたどり着いた。

僕は扉を開けた。部屋の中央には、天蓋から下がるヴェールに覆われたベッドがある。

ライトの光輪をヴェールに向けてみた。すると、何者かのシルエットが現れた。横たわっている。かすかに苦し気な呼吸音も聞こえてきた。

僕はそのヴェールに手をかけ、勢いよくそれを剥いだ。

そこに、紫陽はいなかった。

ベッドの上にいたのは、一人の衰弱した少女だった。髪は抜け落ち、トカゲのようにざらついた皮膚をした少女。虚ろな目を半開きにし、口をだらりと開け、その全身を使ってなんとか呼吸をしている。

僕は彼女を知っていた。

「真理……石見崎真理か？」

そのとき、背後に気配を感じた。慌てて振り返り、ライトを向けた。

「悠さん」

そこに立っていたのは、唯だった。

彼女には似合わない、驚きと恐れ、そして憂いを内包した表情を浮かべている。

「唯、どうして、ここに？」

彼女は何も言わずに首を横に振った。

「紫陽はどこだ？　いや、そもそも……」

続けざまに浮かんだ疑問を口にする。

「きみはいったい、何者なんだ？」

「私は、唯ですよ」

彼女はそう言って、ベッドのサイドチェストに置かれたアルコールランプにマッチで火を点けた。柔らかな明かりが部屋を満たす。僕は携帯電話のライトをオフにした。

「本物の石見崎唯は、六年前に交通事故で死んでいる。それとも、きみは幽霊だとでも？」

唯は目を伏せて押し黙った。

「僕を騙していたのか？　ずっと」

「そんなつもりじゃ……。いえ、そう思われても仕方がないですよね」

「紫陽はどこだ？」

唯を押し退《の》けて部屋を出る。向かいの応接間を確認するが、豪奢なテーブルが置かれているだけで、誰かが隠れられる場所などなかった。

後ろからついてきた唯に向き直る。

「紫陽はどこだ！」

彼女は怯えたように肩をビクつかせた。

「彼女はどこに――」

「私です」

「何？」

唯が消え入るような声でつぶやいた。

「私が……七瀬紫陽です」

3　新橋郁恵／現在

新橋郁恵ははらわたが煮えくり返る思いで研究室のパソコンに向かい合っていた。

二時間前のことだ。彼氏の勇太《ゆうた》が、連絡もよこさず突然自宅に現れた。

「腹減った。なんか作ってよ」

勇太はそう言って郁恵の脇をすり抜け、ベッドにドカリと座った。棚の上のハムスターたちが、何事かといった様子で来訪者に視線を注ぐ。

「外で食べようよ」

郁恵は苛立ちを隠して彼に提案した。

「いや、金ないし」

「でも、私も今、大学から帰ってきたばかりで疲れてるし……」

郁恵がそう言うと、勇太はせせら笑った。

「大学に行って疲れるとか……働いた経験がないからそんなこと言えんだよ」

――自分はフリーターのくせに。

郁恵は内心で毒を吐いた。だが、口にするといつものように際限のない口論の火蓋が切られる。今回はギリギリのところで呑みこんだ。

勇太とは三か月前にマッチングアプリで知り合った。

顔はそこまでタイプでもなかったが、同い歳で気を遣う必要がなさそうで、大手スポーツメーカーで働いているということもあり、郁恵自身、軽い気持ちで付き合いはじめたのが運の尽きだった。

蓋を開けてみれば『スポーツメーカーで働いている』という勇太の言葉は、実際にはスポーツ用品店でアルバイトをしているだけだった。彼は実家住みということもあり、一度郁恵が一人暮らしのアパートに招くと、今日のように突然押しかけてくる日が増えたのだった。

郁恵は諦めて、冷蔵庫の有り合わせで炒飯《チャーハン》を作った。

「はい、できたよ」

郁恵はテーブルに炒飯を盛った皿を置いた。

すると、勇太は眉をしかめてこう言った。

「量、多くね？」

ふっざけんな！

郁恵は勇太を家から追い出した。それでも怒りが収まらず、頭を冷やすために研究室に戻って、先輩の七瀬から頼まれたＤＮＡ解析の残りを進めることにしたのだった。

勇太からのメッセージの通知が鳴りやまない。郁恵は携帯の電源を切った。

郁恵はため息をつき、伸びをした。

——どうしてこんなことになっちゃったんだろ。

郁恵は、本当は七瀬悠のことが好きだった。石見崎研究室に入ったのも、もっと言えば大学院に進学を決めたのも、七瀬に近づきたい思いがあったからだった。

学部時代のころ、出席した講義でティーチング《T》アシスタント《A》として教えていた七瀬悠と出会ったのが最初だった。

一目惚《ぼ》れだった。

七瀬悠は、誰もが目を引くほどの精悍《せいかん》な顔立ちでありながら、どこか儚げでミステリアスな雰囲気をまとっていた。いつも一人で、笑顔は見せない。生まれてから一度でも、心の底から笑ったことがあるのだろうかと、郁恵は常日頃から感じていた。付き合えるなどとは期待していない。ただ、七瀬の心の底からの笑みを見たいという一心で、石見崎研究室に入ったのだった。

だが、実際はどうだろう。

彼を笑わせるどころか、自分が彼の眼中にないことをすぐに悟った。目はこちらを向いているのに、彼の瞳に郁恵は映っていないのだ。

それでも七瀬は優しく、頭がよく、日を追うごとにますます好きになっていった。

マッチングアプリに手を出したのは、そんなもどかしさを鎮めるためだった。

結果は大失敗。

心配事はそれだけじゃない。

担当教授の石見崎も亡くなり、次の配属先での研究テーマも定まっていない。修論は大丈夫だろうか。就活は？　石見崎の推薦を当てにしていたのが裏目に出てしまった。

この先、どうなってしまうのだろう。

七瀬が郁恵に振り向くことなど永久にないとわかっていながら、忠実な後輩を演じている。そんな自分が惨《みじ》めに思いつつも、それが今は心の安寧を得る唯一の手段だった。

――それにしても。

郁恵は訝しんだ。

自分はいったい、なんの検体の鑑定をおこなっているのだろうか。石見崎が亡き今、外部からのDNA鑑定依頼は来ていないはず。

出処不明の検体のDNA鑑定。

なんだか犯罪の片棒を担がされている気がしないでもない。が、それでも七瀬の役に立てるのであれば構わなかった。むしろ、秘密を共有する仲に発展するのも悪くない。

そんな馬鹿げた妄想に浸っていると、解析の完了を知らせるダイアログがディスプレイに表示された。

郁恵は鑑定結果を照合した。すでにデータベース内に同じ結果があれば、このDNAの持ち主がわかる。すると、百パーセント一致するものが見つかった。

――前にも、こんなことがあったな。

七瀬とともに、インドのループクンド湖で発見された人骨のDNAを照合したときを思い出す。結局、あれは七瀬のミスだと彼自身が言っていたが。

既登録情報を参照してみる。すると、DNAの持ち主は予想外の人物だった。

「……何これ」

4　七瀬悠／現在

「きみが、紫陽？」

唯は小さく頷いた。

「どういう意味？」

「そのままの意味です」

「僕が紫陽の顔を忘れたとでも？」

「整形したんです。ほら、身の危険があったから」

わけがわからなかった。

「唯……いや、きみが誰なのか知らないが、紫陽ではないことは確かだ」

「どうして、そんな断言ができるんですか？」

「理屈じゃない。ただ、僕と紫陽はそういう仲だった」

唯は諦めたように笑みを浮かべた。

「だめですね」

「でも、きみがいい人間だってこともわかってる。教えてくれないか。きみが何者か

――」

そのとき、僕の持つ携帯電話が鳴った。

画面を見る。後輩の新橋からだった。電話に出る。

「悪い、今はちょっと――」

〈そうですか。頼まれてた件ですけど、結果が出たので連絡したんです。忙しければ

――〉

「DNAの人物がわかったのか？」

僕は目の前の少女に目を据えたまま尋ねた。

〈ええ。というか先輩は知っていたのでは？〉

「誰だ？」

〈石見崎真理。石見崎先生の娘さんのものです〉

心臓が凍った。

「間違いないのか？」

〈ええ〉

「その検体が登録されたのは？」

〈去年の四月ですね。ほら、親類調査のオリエンテーションのときに石見崎先生が提供してきたんですよ〉

僕が車椅子に乗る真理と初めて出会ったのは、それからだいぶあとのことだ。

「わかった。ありがとう」

僕は電話を切った。

「誰からだったんですか？」

目の前の少女が尋ねた。

答えようとしたが、うまく言葉がでなかった。

考えまいとした。だが、どうしても想像してしまう。考え得る限り最悪の事態を。

「悠さん？」

「きみは、真理なのか？」

僕の問いに、少女の表情が凍った。それですべてを悟った。

「どうして……」

「後輩にきみのDNAを調べてもらった」

「どうやって？」

「僕の家でコーヒーを飲んだだろう」

「え、はい」

「きみが口をつけたコップからＤＮＡを採取した。前に言ったかもしれないけど、去年うちの研究室で新人も交えたメンバーの親族のＤＮＡを調べるオリエンテーションをやったんだ。そのとき、石見崎先生も自分の娘のサンプルを提供していてね。きっと先生もそのときには深く考えていなかったんだろう。当然だ。いずれ自分の娘の名をカモフラージュに使うことになるだなんて、想像するはずもない」

唯は後ずさりし、首を横に振った。

「な、なんでそんなこと」

「前に紫陽について、きみに話したことがあっただろ。そのときの会話の中で、引っかかったことがあった。紫陽の写真についてだ」

「写真？」

「あのとき、きみはこう言った。『出会ってから一枚も撮ったことがないんですか？』って」

「それが何か？」

「おかしくないか？　だって僕はきみに、『妹を捜している』とは伝えていたけど、紫陽が義理の妹だとは一度も教えていない。それなのに、きみは『出会ってから』と言った。実の妹という認識なら、そんな言葉は出てこないはずだ」

「お、叔父から紫陽さんの話を聞いていたんですよ」

「それなら、なおさらおかしい。石見崎先生の葬式できみと初めて会ったときには、きみは紫陽という人物が誰か知らない様子だった。いや、そう装っていたのか」

唯は何も答えなかった。

「いずれにせよ、僕がきみに違和感を覚えたのはそこだ。とはいっても、すぐに気づいたわけじゃない。きみが僕のもとから消えて、なおかつ僕の頭が正常に働いていると自覚できたことで、ようやくきみの正体を疑った。それで、後輩にきみのDNAを調べてもらった」

「ああ」

「勝手に、そんな、許されることじゃないです」

僕はそれだけ言って、先ほどの寝室に戻った。

唯と名乗る少女は、石見崎の娘、真理だった。

では、このベッドで屍《しかばね》のように横たわる哀れな少女は、いったい誰なのか。

決まっている。

「きみが……きみが、紫陽なのか」

ベッドのそばで崩れ落ちる。

「なんで、こんな……」

涙で目が霞《かす》む。歯を食いしばって嗚咽《おえつ》した。

僕は紫陽の頬を撫でた。冷たく、わら半紙のような手触りだった。僕の知る彼女のぬくもりは微塵《みじん》も感じない。

「僕は、クズだ。きみに会っていたのに。気がつかなかった」

やりきれない怒りが、奥歯を震わせる。

そのとき、ふと背中に体温を感じた。

本物の石見崎真理が、僕を後ろから抱きしめていた。

「ごめんなさい……。本当に、ごめんなさい。悠さん」

自らを唯と偽っていた彼女は、僕と同じようにすすり泣いていた。

僕は彼女のことを何も知らない。彼女の繰り返す『ごめんなさい』の意味も含めて。

だが、声を震わせて泣き、力強く僕を抱く彼女は、僕の名状しがたい感情を確かに共有していた。

ひとときのあいだ、僕らは悲しみを分かち合った。だが世界が待ってくれないことも、僕にはわかっていた。

僕は涙を拭き、まだ泣いている女性に向き直った。

「すべて教えてくれないか、唯……いや、真理」

「唯でいいですよ。真理って名前、好きじゃなかったんです。なんだか堅苦しくて」

〝唯〟は目に涙を浮かべたまま、口元に小さな笑みを作った。

「何から話せばいいんでしょう」

「初めからだ」

「初め……」

彼女は目を伏せ、それからゆっくりと口を開いた。

「じゃあ……私がしいちゃんと出会ってからの話をしなきゃだめですね」

「しいちゃん？」

僕が尋ねると、〝唯〟は紫陽に優しい眼差しを向けた。

「紫陽ちゃんのことですよ。ね、しいちゃん」

〝唯〟はそう言って、ベッドで眠る僕の妹の手を握った。

「すべては四年前、日江市で大洪水が起きた日……父がしいちゃんを連れてきた日に始まりました」

5　石見崎真理／四年前

その日はひどく雨が降っていた。北関東では大洪水が発生し多くの家屋が流されたという。

高校休学中の真理が、昼間からパジャマ姿でそんなニュースを見ている後ろで、父の明彦は険しい表情で誰かと電話していた。

電話を切ると、父は「夜には帰る」と言って車で出かけていった。

深夜になり、父がずぶ濡れで、一人の少女を両手に抱えて家に帰ってきた。

「誰、その子」

明彦は憔悴したように両手で顔を拭い、深いため息をついた。

「僕が元いた会社の先輩の娘だよ。うちで面倒を見ることになった」

父の話を要約すると、彼女は病気を抱えていて、その原因は父が日江製薬にいたころに携わっていた研究によるものらしい。その病気は年々ひどくなっていくことが予想され、この先、彼女が生きていくには手助けが必要なのだという。その役目を父が担うことになったとのことだった。

「真理も、この子の保護に協力してほしい」

「私が、見ず知らずのこの子を世話するってこと?」

「いずれは、そうなる。もしかしたら、将来的には介護に近いことをする可能性もある」

「そ、そんなの――」

言いかけて、真理は眠る少女に聞こえないように小声で言い直した。

「そんなの、無理だよ。私にだって、色々やりたいことがあるし……」

「もちろん、僕はおまえに無理強いする立場にはない。できることなら自分の娘にそんな大変な思いをさせたくないしね。ただ、これは回りまわって、真理のためになると思うんだ」

「どういう意味？」

「彼女は、きみの理解者になれるかもしれない」

そう言って、父は眠りにつく少女を見た。

「それに、高校に行かなくなってから随分経つけど、特にやりたいことも見つかってないんだろう？」

図星だった。

「だったら騙されたと思って、まずは彼女の友達になってくれないか？」

真理は少女を見た。髪はびしょ濡れで、服装もTシャツとスウェットのような味気ないものだ。だが、よく見ると、その顔はとてもきれいだった。

「この子の名前は？」

「紫陽だ」

その夜、真理は紫陽にベッドを明け渡し、自身は布団を敷いて寝ることにした。

次の日、真理は早起きして、紫陽が起き上がるのをそわそわしながら待っていた。

いったい、彼女は何者なんだろう。

父に尋ねても、肝心なところをはぐらかされている気がした。持ち物には、財布も携帯電話もない。あるのは、ポケットに入っていた木製の鞘に入ったナイフのようなものだけだ。

昼になっても、夜になっても、彼女が起き上がることはなかった。

真理は心配になった。人間は、こんな飲まず食わずで延々と眠りつづけて大丈夫なのだろうか。ときおり様子を見にいっても寝返りを打った形跡すらない。

「ねえ、あの子の親はどうして放っといてるの」

真理は父に尋ねた。

「放ってるわけじゃない。紫陽ちゃんの父親は彼女を救う方法を今も探っているところだ。それに元いた家を離れるのは、彼女が望んだことでね」

「どうして?」

「それは彼女に聞いてみないことにはわからないな。とにかく、もう少し様子を見よう」

結局その日、紫陽が起きてくることはなかった。

真理は次第に、その眠り姫と同じ部屋で夜を越すことが怖くなってきた。朝起きて、冷たくなっていたら? そんな不安を抱えながら眠りについた。

翌朝、真理は衣擦《きぬ》れ音で目を覚ました。

起きると、真理のパーカーとスウェットを着た一人の少女がベッドに座っていた。部屋の本棚を眺めている。

「わ、動いてる」

真理が思わずそうつぶやくと、紫陽はゆっくりとこちらに向いた。

「せめて『起きてる』って言ってほしい」

吸いこまれるような瞳だった。静寂に包まれた冬の湖のような、息を吞む美しさがそこにあった。クラス一のきれいな子がジャガイモに見えるくらいの。

「あの、えっと」

「ああ、ごめんなさい。さっきシャワーと、服を借りたの。これ、あなたのでしょ？」

紫陽は自分が着ているパーカーを摘んだ。

「うん、大丈夫。あ、お父さんに――」

「明彦さんにはさっき挨拶した。つい今しがた仕事に出かけていった。それにしても――」

紫陽は再び真理の本棚に目をやった。

「なかなかのセンス」

褒められたと気づくには五秒ほどかかった。そこには、真理が読んできた本がぎっしりと詰まっていた。『デミアン』に『星を継ぐもの』『老人と海』などなど。小説以外の本もある。今の愛読書は『サピエンス全史』だ。

真理が何か言う前に、紫陽は立ち上がった。

「お世話になりました」

紫陽はそう言って部屋を出ていこうとした。

「あの……」

「安心して。私、この家に迷惑かけるつもりはないから。明彦さんに、あなたみたいな娘がいるって知らなかった」

もしかして、一昨日の夜の会話を聞いていたのかもしれない。真理は焦った。

「ちょ、ちょっと待って」

真理は紫陽の手を摑んだ。

「これ、あなたのでしょ？」

真理は、紫陽が着てきた服のポケットに入っていた木の鞘に入った短刀を手渡した。

「ああ、これ。ありがとう」

「それ、何？」

「まあ……お守りみたいなものかな」

紫陽はそれをポケットにしまった。

「あの、私は別に、困らないよ。あなたがこの家で暮らしても」

紫陽は少し驚き交じりに、小さな笑みを見せた。

「優しいんだ」

「そういうんじゃないけど……」

「じゃあそれとも――」

紫陽は真理に顔を近づけた。

「私に惚れちゃった?」

真理の心臓が飛びあがった。

「冗談だよ」

紫陽はいたずらっぽく笑った。

「じゃあ、お言葉に甘えようかな。でも私が嫌になったら、いつでも捨て置いていいから」

6　七瀬悠／現在

「それから、私たち親子と、しいちゃんとの生活が始まりました。といっても、父は大学での仕事があって日中はいませんでしたから、日々のほとんどを二人で過ごしました」

〝唯〟が懐かしむように言葉を紡ぐのを、僕は黙って聞きつづけた。

「誰にでも、本当の意味で自分の人生を生きる時期が必ずどこかで訪れるのだと思います。それは人によっては人生の大半かもしれないし、あるいは数年、数日、もしくはほんの一瞬かもしれない。それが過ぎ去ってしまえば、あとはその思い出を人生の伴侶《はんりょ》として日々を浪費するだけ。悠さんならわかりますよね」

僕は頷いた。

「私と悠さんは似た者同士なんだと思います。私にとっても、その〝時期〟はしいちゃんと一緒に過ごした数年間でした。自分の生に、突然意味が芽生えたような、あの感覚。決して忘れることはできません。しいちゃんは最後まで私に引け目を感じていたようですが、私は彼女となら天国だろうが地獄だろうが、付き添うつもりでいました。でも――」

〝唯〟は紫陽のほうに目をやった。

「しいちゃんにそのつもりはなかった。彼女は最初から自らの運命をわかっていて、その先に見える地獄に、一人で臨むつもりでした」

7　石見崎真理／三年前

紫陽が覚醒している時間は少しずつ短くなっていった。彼女は夜に起きていることが多く、真理もそれに合わせるようになっていった。

二人は夜明け前の街をよく散歩した。

誰もいない静まり返った道路の真ん中を、二人は一緒に歩いた。まるで人類が二人を残して滅んだあとのような世界、映画『アイ・アム・レジェンド』のワンシーンのような街並み。

そこに息づくのは、二人と、律儀に明滅を繰り返す信号だけだった。

とりとめのない会話を紡いだ。多くは真理がしゃべり、紫陽がそれに対してぽつりと返す。真理は、くだらない冗談で紫陽を笑わせるのが好きだった。

日々を重ねるごとに、真理は紫陽という少女のことを理解していった。

紫陽は頭がよかった。真理の発した、自分すらも覚えていない言葉のひとつひとつを紫陽は決して忘れなかった。真理が言葉にできない思いを、代わりに言語化してくれることもあった。

その一方で、紫陽が自らの容姿や頭脳について自画自賛するとき、それは自信の表れではなく、いずれ失うものに対する皮肉なのだということも、真理は悟りはじめた。

「そう遺伝子で決められていてね」

紫陽は言った。

「たぶん、もう少ししたら、こうやって散歩もできなくなる」

「怖くないの？」

「何も怖がることはないよ。ただ、理解すればいいだけ」

真理は、紫陽の言葉が好きだった。含蓄《がんちく》に富み、明瞭で、哲学的。温かみがあり、それでいて真に迫る言葉。

真理がそのことを伝えると、紫陽は柔らかく笑った。

「私の言葉じゃないんだな」

「誰の言葉？」

「マリー・キュリー。知的な人の言葉を借りれば、賢く見えるでしょ？」

紫陽の言う通り、彼女の身体機能は目に見えて落ちていった。

十二月に入ったころには、紫陽が外に出ることはなくなった。彼女は何も言わなかったが、時折唇を堅く結び、何かの痛みに耐えている様子を見せた。

真理と紫陽は、外に出ることをやめ、時間のほとんどを読書と映画鑑賞に費やした。

それに飽きたら、お互いを小突きあい、ベッドの上でじゃれ合った。

年をまたぎ、窓の外で雪がちらちらと舞いはじめたころになると、紫陽は一人で体を洗うこともままならなくなった。

真理は同情も憐憫《れんびん》も一切顔に出さないように努めながら、紫陽を風呂に入れた。一緒に浴槽に浸かることもあった。

「なんか姉妹みたい」

真理がそう言うと、紫陽は彼女特有の、相手の目を覗きこむ仕草を見せた。

「さて、どちらが姉でしょうか」

「私でしょ」

「私だよ」

真理が紫陽の顔に湯をかける。紫陽はすかさず反撃した。

二月、二人で映画『イースタン・プロミス』を観終わったときだった。紫陽はいつになく神妙な面持ちで真理を見た。

「お願いがあるの」

紫陽はそう言って真理のスマートフォンでネット検索を始めた。

「明日、ここに連れてってほしい」

紫陽はそう言って真理にスマートフォンを手渡した。画面には東京のとある大学のホームページが表示されていた。

「ここって明日お父さんが行くところじゃん。学会発表があるとかで」

紫陽は頷いた。

「その発表を見たいの」

「お父さんに連れてってもらいなよ」

「明彦さんには内緒にしたい」

紫陽はそれ以上何も言わず、真理の目を見た。

「……わかったよ」

「ありがとう」

翌朝、明彦が出発したのを見送ったあと、二人は会場へ向かった。

会場は大きめの講義室だった。二人は後ろの扉からそっと中に入った。

部屋は暗かった。正面のスクリーンにはプレゼン用のスライドが映し出されている。

ほとんど満席だった。立ち見の人もいる。

前のほうの座席に明彦がいるのを見つけた。

「座ろうか」

真理は紫陽の身を案じ、囁き声で提案した。だが彼女は小さく首を横に振った。

前に立つ学生の発表が終わり、次の発表者の名前が呼ばれた。

七瀬悠。

明彦の隣に座る青年が、すっと立ち上がった。線の細いシルエットがプロジェクターの前をつかつかと横切る。

青年がこちらを向いた。

真理は思わず息を呑む。それほどに美しい青年だった。きっと街を歩けば、ほとんどの女性が——たぶん男性も——振り向くに違いない。

しかし、その眼に光はなかった。発表そのものは、そつなくこなしている。だが、心ここにあらずといったような雰囲気があった。

「ねえ、しいちゃん。あの人——」

真理は紫陽を横目で見る。

そのとき、あっ、と思った。

紫陽の瞳には涙の膜が薄く張られ、口元には安堵の笑みがあった。

「出ようか。もう大丈夫だから」

紫陽が真理に囁いた。

「えっ、でも——」

その瞬間、七瀬悠の声が突然途絶えた。

七瀬悠がこちらを——否、紫陽を見ていた。まるで幽霊を見ているかのような眼差しで。

彼の沈黙は数秒間だった。視線をこちらに固定したまま、発表を再開する。

「行こう」

他の聴講者たちに紛れる形で、二人はそっと部屋を出た。その直後、紫陽は壁に手をついた。

「しいちゃん、大丈夫？」

紫陽の額には玉のような汗が浮かんでいた。痛みのためか、顔をひきつらせている。

「うん……大丈夫」

「じゃないでしょ。ほら、私に摑まって」

真理は紫陽の肩を抱き、大学の正門まで歩いた。門を出て、花壇の縁に紫陽を座らせる。

「今日、ずっと我慢してたんだね」

真理は電話でタクシーを呼んだあと、紫陽に言った。

「でも、これでよかったの？」

紫陽は応える代わりに、真理の肩に額を預けた。

タクシーが二人を家まで送り届けたあと、真理は紫陽を背負った。首筋が生暖かく濡れた。

「真理」

紫陽は小声でつぶやいた。

「ありがとう」

その日の夜、明彦は帰宅後、神妙な面持ちで真理と向き合った。紫陽はすでに眠ったあとだった。

「今日、紫陽ちゃんはずっと家にいたのか？」

「……うん」

返事に二秒かかった。その二秒で、真理の嘘は見破られた。

明彦は深いため息をつき、両手で顔を覆った。

「来たのか。彼を見に。真理も一緒だったのか？」

「ごめんなさい」

明彦は一瞬、何かを言いかけた。が、思い留まったのかすぐに口を閉じた。それから、深く息を吸ったあと、もう一度口を開いた。

「きっとあの子にせがまれたんだろうね。でも、来るべきじゃなかった」

「どうして？」

「……あの子の存在を知られたら、命を狙われる恐れがある」

「狙われるって、誰に？」

「頭のおかしな奴らに、だよ」

「そんなの、いまさら言われて信じられると思う？」

「今まで黙っていたのは、おまえを怖がらせたくなかったからだよ。なんの偏見もなく彼女の友達になってほしかったんだ」

「それが本当なら、まず警察に相談するでしょ」

「おまえは相手を知らないんだ」

「今までは外に出ても何も言わなかったじゃん」

「夜の散歩程度なら構わないよ。でも彼に会いにいったのはまずかった」

「彼って、七瀬悠って人？　お父さんの研究室の人でしょ？」

「彼は、紫陽ちゃんの兄だ。血はつながっていないけどね」

「お兄さんがいるなんて、しいちゃん一言も……」

「僕はあの子たちの兄妹仲がどういったものかは知らない。ただ、お互いにかけがえのない存在であることは確かだ。僕が悠くんの面倒を見ているのも、彼の父親、僕の先輩からの頼みでね。彼は紫陽ちゃんが行方不明になってから壊れてしまった」

「待ってよ。行方不明ってなんのこと？　しいちゃんはこの家にいるじゃん」

「行方不明というのは悠くんだけの認識だ。実際には、そもそも彼女は法的に存在しないことになっている。初めから、出生届も出されていないし、戸籍もない。もちろん、捜索もされない」

「なんで……？」

「僕と彼女の父親が、それがいいと判断した。そうすれば、彼女は狙われなくなる。紫陽ちゃん自身も承知の上だ」

「そんなの、おかしいよ。だって、現にしいちゃんのお兄さんだって今日まであの子が死んだと思ってたんでしょ？」

「紫陽ちゃんは、何よりもそれを望んでいた。あの子は僕に言ったんだ。『絶対に、自分が生きていると兄に悟られたくない』と」

「どうして？」

「その理由は、真理のほうが理解しやすいんじゃないかな」

真理には明彦の言葉の意味がわからなかった。

「とにかく僕は彼女と約束した。悠くんには酷だが、僕たちは紫陽ちゃんの存在を彼から隠す。僕は彼女との約束を死んでも守るつもりだし、それが彼女の身の安全にもつながる。でも今日——」

「悠さんは、死んだはずの妹を見つけた」

「そう。きっと紫陽ちゃん自身、最後に一目、彼を見ておきたかったんだろう。悠くんは、発表が終わったあと大学中を捜しまわっていたよ。僕は『見間違いだ』と諭したけどね、聞く耳を持たなかった。今ごろ、実家に戻って彼女の帰りを待っているだろう」

「そんなの、可哀想。残酷だよ」

「残酷なのは、僕らがやったことだ」

明彦が何をやったのか、真理はもう五十回以上問いただしていたが、答えを得られたことはなかった。

「すまない。真理を巻きこんだことは、間違いだったんじゃないかって、ときどき思うんだ」

「……それは違うよ」

真理は首を横に振った。

「間違いなんかじゃない。私、お父さんに感謝しているの。本当だよ」

真理は笑顔を作った。

明彦は潤んだ目で、真理の頭をそっと撫でた。頭を撫でられたのは何年ぶりだろう。

「おまえを誇りに思うよ」

だがそれから、まるで真理の覚悟を試すかのように日々の過酷さは増していった。

まず、紫陽の髪が抜け落ちた。

真理が彼女の頭を撫でたとき、風呂に入れたとき、着替えをさせたとき、彼女の絹のような髪がごっそりと真理の手に残った。

「寄付しといてくれる?」

紫陽は平然とした様子で言った。

「私の生を、無駄にしたくないの。それが、遺伝子に抗うってことだから」

真理は渋々に応諾する振りをして、その抜け落ちた髪を一本残らずゴムバンドでまとめて、紫陽の目の届かないクローゼットの奥にしまった。

紫陽はほとんど言葉を発しなくなった。以前のように映画を流しても、彼女は虚ろな目で画面を見つめるだけだった。真理が話しかけても、わずかに首を縦か横に振る以外の反応はなかった。

三月。冬の寒さは、紫陽の意識を道連れにして去っていった。彼女はもう起きなかった。いや、起きているかどうかの判別すらできなくなった。

目はほとんど半開きで、口元はだらりと開いたままだった。ときおり唸るような声を上げる。意識してのものかはわからない。その姿はまさに魂の抜け殻だった。

真理は文句一つ言わず、紫陽の面倒を見つづけた。介護のやり方は図書館から本を借りて勉強した。それはとても大変なものであったが、真理は決して投げ出そうとはしなかった。

しかし日増しに、真理が何かをする前に、明彦が先回りして介護を終えていることが増えた。

ある日、明彦が「訪問介護員を雇った」と言った。

「ヘルパーさんってこと？　必要ないよ。私がいるんだから」

真理は不思議と憤りを覚えた。

「真理、もういいんだ。おまえの役目は終わった。僕はただ、おまえに彼女の友達になってほしかっただけだ」

「友達が大変なときは、手を差し伸べるのが普通だよ」

「真理はもう、十分過ぎるほど彼女を助けてくれたよ」

明彦は慰めるように真理の腕に触れた。だが、真理はそれを振り払った。

「しいちゃんを助けるのは、私の役目じゃん！　ほかの人が出る幕じゃ——」

明彦は真理を抱きしめた。父の胸に顔が触れたとき、初めて自分が泣いていることに気がついた。

「もういいんだ。これからは、真理は真理の人生を生きてほしい」

その後、真理は高校に復学した。クラスメイトとは一年遅れで勉強に取り組んだが、周囲の視線は拍子抜けするほど気にならなかった。クラスに馴染《なじ》めなかったから、という理由で休学を決めたのは、今考えると馬鹿馬鹿しく思えて仕方なかった。

それから、空虚に日々が過ぎていった。学校ではクラスメイトと会話をすることはほとんどなく、放課後は自分の部屋で紫陽とともに過ごした。

真理に代わり、明彦は大学に行くことが減っていた。

「悠くんが優秀でね。ほとんど彼に任せっきりの状態なんだ。彼も仕事に没頭したいようだし」

明彦は真理の口の中に綿棒を突っ込みながら言った。大学の研究室のオリエンテーションとして、研究室のメンバーの親族のDNAを個々に収集しているらしい。

真理は悠を不憫に思った。同時に同情もした。きっと自分なら彼の理解者になれるだろう。紫陽というかけがえのない存在を失った人生。それがどれだけ虚しいものか、真理は知っている。

真理は、悠に興味を持った。彼に一度、会ってみたいとも思った。

機会は、その年の冬に訪れた。明彦の大学のオープンキャンパス。悠がそこで模擬授業を担当するらしい。

「できれば、来ないでほしい。せめて、僕の娘だと名乗らないでほしいんだ」

明彦が苦い顔をして言った。

「どうして？」

「実はね……」

先月のことだった。明彦は紫陽を日江市に連れていった。彼女が長く過ごした町を見せるためだ。そこで車椅子の彼女と広場を散歩していたところ、なんと悠とばったり鉢合わせてしまったらしい。そのときとっさに、紫陽のことを自分の娘である真理と紹介してしまったというのだ。

「本当にごめん。僕が馬鹿だったよ。まさか、あんなところで会うとは思わなくて」

「私はいいけど、お兄さんは気づかなかったの？　しいちゃんが、自分の妹だってこと」

真理が尋ねると、明彦は悲しい笑みを浮かべた。

「たぶんね」

それから、真理は高校を卒業した。そのころ、真理は介護福祉士になることを目指し、社会福祉学科のある大学への進学を決めていた。この先も紫陽と共に過ごしていくことを考えると、自然な選択だった。紫陽という存在は、すでに真理自身の一部になっていた。

大学は都心にあり、実家から通うつもりでいた。だが、明彦は真理に一人暮らしをするよう強く勧めた。真理は気乗りしなかったが、学費を出してもらっている以上、文句は言えなかった。真理は大学近くのアパートに引っ越し、ときおり紫陽に会いに実家に戻る生活を続けていた。

定期テストの勉強に取りかかるため、しばらく実家に帰れない日が続いた。そんなとき、見知らぬ番号から着信が入った。

電話の相手は、警察署からだった。

〈──石見崎明彦さんが、ご自宅で亡くなられていました〉

8 七瀬悠／現在

「それからは、悠さんの知る通りです。父は何者かに殺され、しいちゃんはいなくなっていた。もちろん、警察はしいちゃんの存在を知らない。私が見つけるしかなかった。すぐに悠さんの顔が浮かびました。実際、刑事さんから、あなたのことを聞かれました。事件のあった当日に悠さんから父に着信があった、とね」

「だから、きみは先生のお通夜のときに僕に会いにきた。先生を殺し、紫陽を誘拐した犯人だと疑って」

「ええ、でもその疑念はすぐに解けました。悠さんが父から受け取ったループクンドの人骨。私にはそれが何を意味するのかはわかりませんでしたが、それでも、その話を聞いて、私は父があなたに真実を打ち明ける準備をしていたんじゃないかって思いました。しいちゃんとの約束と板挟みになって、中途半端なヒントだったけれど」

「それで、きみはどうしてここに？」

「しいちゃんのお父さんから、突然連絡があったんです。『紫陽を任せたい』って。応用技術センターの地下室まで来るように言われました。聞いたところ、父は殺される数日前に、京一さんにしいちゃんを預けていたようです。もしかしたら、自分の死期を悟っていたのかもしれません」

「どうして僕に言ってくれなかった」

「あなたには告げないよう、京一さんから固く口止めされていました。私に連絡する行為すら、かなり悩んだ末のことだったそうです。私の父から、できることならこれ以上、私を巻きこまないようにしてほしいとお願いされていたみたいで。京一さんは京一さんで、ずっと一人で闘っていたんです」

「……僕だけが、何も知らなかったのか」

「みんな、しいちゃんとの約束を守ろうとしたんです」

「どうして……どうして、紫陽は僕に本当のことを教えてくれなかったんだ？　僕のことが信じられなかったのか？」

「違いますよ」

唯は諭すように僕の目を正面から見据えた。

「わかりませんか？　彼女の気持ちが」

「わからない。どうしてだ？」

「……決まってるじゃないですか」

　唯は悲しい笑みを浮かべた。

「女の子はいつでも、好きな人には自分の一番かわいい姿を見ていてほしいんです」

　僕は愕然とした。

「そんな、そんなことで？」

「悠さんにはわかりませんよね。でも、しいちゃんにとってはそれが何よりも重要だったんです。私にも理解できます。好きな人に、自分の醜い姿を見せるくらいなら、死んだほうがマシ」

　体の内側からこみ上げてくるものを感じた。

　紫陽、僕は――。

　紫陽の手を握りしめる。そのとき、携帯がポケットの中で震えるのを感じた。

「……あっ」

　背後で唯が声を漏らした。携帯を見ている。

「京一さんからメールが来ました」

　無事だったのか。僕は安堵しつつ、自分の携帯を確認した。同じく、京一からメールが届いていた。

〈今どこにいる〉

その一言だけだった。

僕は返事をしようとする。が、その指を止めた。

なんのために、こちらの居場所を知る必要がある？　牛尾を抹殺できていたとして、僕たちが合流する理由はない。

「唯、京一さんはなんて？」

「『今どこにいる』って……」

「それに返事しちゃだめだ」

「え、もうここにいることを伝えちゃいましたけど……」

そのとき、もう一通メールが届いた。

メッセージはなし。画像が添付されているだけ。

僕は添付をタップする。

画像が開いた。

そこには、白骨遺体が写っていた。全体に赤みを帯び、喰い散らかされたようにところどころ肉片のような物体がこびりついている。そのしゃれこうべはついさきほどまで地獄の責め苦に身を悶《もだ》えていたかのようだった。

これは――。

その背景を見て、僕はぞっとした。フラスコやビーカーなどの実験機器、ディスプレイ。

全身の血が冷たくなった。

「唯――」

唯も携帯の画面を茫然と眺めていた。僕の声が耳に入っていない。

「悠さん、これって……?」

「くそっ。あいつが来る」

「あいつって?」

「牛尾……石見崎先生を殺した奴だ」

京一は、殺されたのだ。それも、想像を絶するほどのむごいやり方で。

「ここから逃げなきゃだめだ」

僕は立ち上がり、部屋の窓から山城の頂を見下ろした。深い闇が広がっている。僕らがいる美術館のそばの外灯が唯一の光源だ。ふと、そのとき闇の中で何かが揺らいだ。

目を凝らす。

外灯の光輪の際から、ぬっと黒い影が現れた。

牛革の山高帽をかぶった巨大なシルエット。

思わず、声を上げそうになる。僕は反射的に身を隠した。

唯は何ごとかといった様子で僕を見た。慌てて彼女の口をふさぐ。

ガチャリ、と一階から玄関扉の開く音が聞こえた。中に踏み入る足音。

頭が真っ白になる。茫然と立ちつくす僕の横で、唯がつぶやく。

「明かり……」

煌々《こうこう》と揺れるアルコールランプ。僕はとっさに近寄り、その火を掌で握りつぶした。熱さに声が漏れそうになる。だめだ、頭が回ってない。

暗闇が部屋の支配を取り戻した。しかし、その闇が僕らの味方になるとは思えなかった。むしろ視界が覆われたことで、恐怖がさらに膨らんでいった。

そのとき、腕に柔らかな体温を感じた。唯だ。小動物のように小刻みに震えている。

「しいちゃんを……」

ハッとした。そう、紫陽だ。牛尾は、紫陽を狙っている。彼女を守らなければ。

手探りで紫陽の身体を持ち上げた。悲しいくらいに軽い。しかし、その儚い体温が、僕に幾分かの冷静さを取り戻させた。

侵入者の足音は、まだ一階から聞こえてくる。

身を隠さなければ。だが、どこに？

ひじ掛け椅子の陰。ベッドの下。衣装棚の中。どこも心許ない。

いや……。

ベッドの天蓋の支柱に目を凝らす。その太さは僕の握り拳の倍は優にある。

「上だ」

小声で唯に伝えて、彼女に先にのぼるよう促した。唯はサイドチェストを踏み台に天蓋に両手をかけると、その身を持ち上げた。

階下からの足音が近づいてきた。

僕も急いでサイドチェストに足をかける。唯と連携して、紫陽を持ち上げた。息を殺し、火事場の馬鹿力を発揮する。なんとか、天蓋の上に紫陽を乗せた。ぎしり。

聞こえる。廊下にいる。ゆっくりとした足音が、二階に響き渡る。

僕も天蓋の上に滑りこんだ。長年にわたり蓄積された埃が舞い、咳きこみそうになる。天蓋の上は、辛うじて三人が横たわれるスペースがあった。

足音が部屋の前にたどり着く。敷居の軋む音。中に入ってきた。

液体を運んでいるのか、ちゃぽちゃぽと音が聞こえる。

牛尾は部屋の中をくまなく歩きまわっているようだった。ここからでは姿を確認することができない。だが足音、物音ひとつとっても、そのすべてから殺気が発散されていた。

きい、と戸の開く音がした。衣装棚を開けたのだ。あの場所に隠れていたかもしれないと思うと、ぞっとする。

それから、牛尾は窓際に近づいた。視界の端で、影が動いた。窓から注ぐ淡い外灯の光が、その大きな輪郭を浮かび上がらせる。

表情は判別がつかない。だが男の左手にあるポリタンクを見て戦慄した。

あれだ。あの中に入っている液体で、京一を溶かしたんだ。

やがて牛尾は僕らのほうに近づいてきた。窓からの明かりが、その顔を半分照らす。

僕は瞠目《どうもく》した。それは、人間の顔ではなかった。

異様なほど大きな瞳孔が、ぎょろぎょろと忙《せわ》しなく動いている。口角は千切れんばかりに吊り上がり、その隙間からは不気味なほど太く長い舌が出ていた。

心筋が痙攣《けいれん》した。呼吸の一つも取ることができない。

怪物はベッドの前に立つと、その上にあったブランケットを剝いだ。それから、屈みこんだのか、僕の視界から消える。ベッドの下を確認しているのだろう。まるで暗闇など意に介していないようだ。

牛尾の注意が、再びベッドの上に戻る。すると、その動きが止まった。

息を吞む。ほんの少しでも物音を立てれば、間違いなく見つかる。それほどの距離だ。

牛尾は動かない。何をしている？　歩きまわってくれているほうが、まだいい。

生きた心地がしなかった。こちらに気づいたのかもしれない。一か八《ばち》かで飛び出して逃げるか？　馬鹿な。唯と紫陽がいるんだ。まず助からない。

そのうち、牛尾が何をしているのか理解した。ベッドに触れ、そこに残る紫陽の体温を感じ取っているのだ。

牛尾が再び動きだす。ようやく僕らがいないと確信したのか、部屋をあとにした。どうやら、廊下を挟んだ向かいの応接間に移ったようだ。

逃げるなら、今しかない。部屋を抜け、廊下を渡って階段を降りて外に出る。このチャンスを逃せば、いつか必ず見つかってしまう。

そのとき、僕のすぐそばで、すすり泣く声がかすかに漏れ聞こえた。唯だ。歯をカチカチと鳴らし震えている。

だめだ。こんな状態の唯を連れて、逃げ切れるわけがない。

それなら、どうする？　僕たち三人が、この窮地を脱するには——。

僕はスマートフォンをポケットから取り出した。限界まで画面の明るさを絞ったあと、メモ帳のアプリを開く。手汗で指が滑る。短文でも一苦労だ。

身動き一つ取らない紫陽の頭越しに、入力した文面を唯に見せた。

〈だいじょうぶ　ぼくがおとりになる　きみはしはるとここにいろ〉

唯はその一文字一文字をゆっくりと凝視した。意味を呑みこむのに時間がかかっている。やがて理解したのか、僕の目を見ると、小刻みに首を横に振った。

だが、もはや彼女を説得している余裕はなかった。

黙って唯の手を強く握る。僕を信じてほしい。その一心が伝わるように、彼女の目を見つめ返した。

それから、僕はそっと床に降りた。

先ほどよりも、幾分かは暗闇に目が慣れていた。

息を潜め、慎重に部屋の出入口に近づく。〝死〟そのものの気配が、この美術館全体を覆っていた。

廊下に顔を出す。牛尾のいる、向かい側の部屋の様子をうかがった。しかし、闇が深い。自分が目を閉じているのではないかと錯覚するほどの暗さだ。ドア枠の輪郭がおぼろげに判別できる程度で、そこから先は深淵《しんえん》が続いていた。

そのとき、ふと気づいた。

音がしない。

先ほどまで聞こえていた牛尾の息づかいも、足音も、ポリタンクの液体が波打つ音も、何一つしない。時が止まったかのようだ。

牛尾は、本当に向かいの応接室にいるのだろうか。もしかすると、奴はすでにこの建物に見切りをつけたのかもしれない。だとすれば、今出ていくのは逆効果だ。

向かいの部屋を、確認したかった。ほんの一瞬でいい。この闇の向こうに、一瞬でも人影を確認できたら、この廊下を走って逃げる。牛尾を外に連れ出すことができれば、少なくとも唯と紫陽の安全は保たれるはずだ。

僕は携帯を取り出した。ライトを点灯させるつもりはない。ただ、そっと、スマートフォンのサイドボタンを押して、画面を一瞬、明るくするだけだ。

大丈夫、心配はいらない。

僕は携帯の画面を向かいの部屋のほうに向け、サイドボタンを親指で押した。

それは間違いだった。照らした闇の中で、焦点の合わない黒い両目が、こちらを向いていた。右手には蓋の開いたポリタンクがある。

あっ、と思う間もなかった。牛尾がポリタンクの中身を僕に目がけて浴びせかけた。

反射的に顔を覆う。が、液体が僕の左手にかかった。

「あづっ！」

焼けるような熱を左手に感じる。それはすぐに激しい疼痛へと変わった。

明かりが消える。だが、チカチカする視界の中で、牛尾の影がはっきりとわかった。

牛尾はもう一度、液体を僕に浴びせようとしていた。

僕はとっさに身を転がした。ジュッという音とともに、液体が床に撒かれた。

隙を見て、僕は廊下に飛び出した。その瞬間、後頭部に大きな衝撃が走った。

全身が壁に叩きつけられる。息が止まった。牛尾の拳が振り下ろされたのだ。

痺れるような恐怖と絶望感が、体中に満ちていく。

ちゃぽん、と液体の躍る音が聞こえた。京一の無残な死にざまが脳裏をよぎる。

見上げると、牛尾の黒い影が僕を覆っていた。

「七瀬紫陽は、どこにいる？」

黒い影が語りかけてきた。表情は見えない。

僕は何も答えなかった。

牛尾は不気味な笑い声を上げた。

「いいだろう。それなら──」

突然、部屋に明かりが灯った。

その瞬間、ガラスの割れる音とともに、牛尾の全身が赤く燃え上がった。

牛尾は耳をつんざく悲鳴を上げ、床に転がった。炎が鋭い爪を立てて部屋中に広がっていく。凄まじい熱気だった。

とっさに部屋のほうに目をやる。

唯がベッド脇にいた。何をしたのかすぐにわかった。アルコールランプを投げたのだ。

「逃げるぞ！」

僕は紫陽を担ぎ上げ、唯とともに寝室を飛び出した。そのまま暗闇の階段を駆け降りる。

「ああっ！」

階段を降り切ったところで、唯がくずおれた。足をひねったようだ。

「大丈――」

獣のような咆哮が二階から響き渡った。間髪を容れずに、こちらに向かってくる大きな足音も迫ってきた。

「くそっ、不死身なのか？　唯――」

「大丈夫です！」

僕たちは外に向かって駆けだした。

楠の巨木を過ぎたあたりで、背後から爆竹のような音が鳴った。振り返ると、美術館の二階の窓が割れ、炎が噴き出していた。火は夜空を引っかくように燃え上がっている。

紫陽との思い出の場所が焼け朽ちようとしていた。だが感傷に浸る暇はない。

僕が歩みだそうとすると、唯が足を引きずりながらついてきているのがわかった。

「大丈夫か？」

「……ちょっと、走れそうにないかもしれません」

どうする？　背中に紫陽を担いでいる以上、唯を背負うわけにもいかない。

そうこうしているうちに、玄関から牛尾の姿が現れた。その手には、大斧が握られている。美術館に展示されていたものだ。その姿はまさしく——。

「ミノタウロス……」

唯がつぶやいた。

牛尾の足取りは重かった。だが、まっすぐにこちらへ近づいてくる。

「唯、もう少し頑張ってくれ。この山を降りて、助けを求めるんだ」

僕たちは僕が先ほどのぼってきた南側の石階段を目指した。山城を降りるルートはいくつかあるが、そのルートが一番シンプルだ。

石階段の降り口に差しかかろうとしたときだった。階段下から、懐中電灯の明かりが近づいてきた。

誰か、来る——。

下から顔を出したのは、中年の警察官だった。僕たちを見て、面食らったようだった。

「きみら、こんなところで何をしているんだ。あの煙、きみらの仕業か？」

「すみません、助けてください。追われてるんです」

警官は訝し気な表情を浮かべ、僕らの背後に目をやった。

「おいおい、燃えているじゃないか！　動くなよ。消防署に連絡を──」

突然、警官の頭が縦に割れた。赤い鮮血が勢いよく噴き出す。その割れ目には、大斧が突き刺さっていた。

唯が悲鳴を上げる。僕は振り返った。

牛尾が十五メートルほど先にいた。衣服は燃え、顔の半分は火傷《やけど》で赤黒くなっている。だが、その黒い目に浮かぶ狂気は増していた。

「唯、こっちだ！」

僕は西側に方向転換した。

山の西側には、曲がりくねった坂道がある。そこは城が健在だった当時は〝搦《から》め手〟と呼ばれる城の裏口だった。城主が城から逃げる際に使用され、追手を撒くために複雑な道なりとなっている。そこに、現代になって視界を覆うほどの紫陽花の挿し木が植えられたことで、いつしか迷宮と呼ばれるようになった。

僕たちは死にもの狂いで迷宮への入口を目指した。牛尾も、警官から引き抜いた斧を持って、ゆっくりとこちらに迫ってきている。

僕たちの逃げ足のほうが、満身創痍《そうい》の牛尾よりもわずかながらに速かった。だが、肺が苦しい。恐怖で息が満足に吸えていない。

降り口にたどり着く。僕たちは弧を描くように、ぬかるんだ泥の坂道を下った。山道を縁取る苔むした石垣と、その上に植えられた紫陽花が、僕らと牛尾の視界を隔てる。

曲がった先で、坂道が二手に分かれる。直感で右手を選ぶ。

降りた先には公衆便所があった。そこでさらに道が二手に分かれていた。右手には急カーブを描く石階段の降り口が見え、もう一方、公衆便所の裏手には舗装されていない小道が続いている。

どちらも先が見えない。

一瞬の逡巡。

僕は公衆便所の裏手の道を選んだ。

「唯、大丈夫か？」

僕は小声で尋ねた。返事はなかった。代わりに、苦しそうな吐息が聞こえた。

その小道は、細長く帯状に城跡を囲んでいた。〝帯曲輪《おびくるわ》〟と呼ばれる、城兵が移動しながら敵を迎え撃つのに適した場所だ。壁面には石垣を巡らせてある。

公衆便所の陰に入り、先へ進もうとする。が、真後ろにいる唯の足音が途切れた。

振り返ると、膝に手を当て、うずくまっている。

「だめ……みたいです。先に逃げてください。私、一人で大丈夫ですから」

「馬鹿言うな。もう少しの辛抱だから——」

そのとき、小枝の踏み折れる音がかすかに聞こえた。

とっさに、公衆便所の横にある給水タンクに身を隠した。

足音が迫ってくる。先ほどよりも速い。

血に飢えた獣のような息づかいも聞こえてきた。

足音が公衆便所の前で止まる。中に踏み入り、トイレの個室を確認している。

追跡者が道に戻った。その足音が、僕たちのいるタンクのそばまで来る。

──頼む、素通りしてくれ……。

タンクの向こう側で足音が止まる。牛尾の注意が、こちらに向いているのがわかった。

息を吞む音すら気取られる。そんな気がした。

そのとき、遠くの茂みから葉擦れの音が響いた。小動物だろうか。牛尾の足音が、音のするほうへと向かった。

足音が完全に離れていくのを確認し、僕と唯は大きく息を吐いた。

間一髪だった。だが、これからどうすればいい。唯はもう走れない。僕も紫陽を担いだままだ。そんな状態で、牛尾に見つからないまま、この山城から麓へ降りることなどできるのだろうか。

頂上へ引き返すか？　いや、牛尾の足音が上に向かっていないとは言い切れない。

戻った先で出くわす可能性だってある。

「悠さん、お願いですから……しいちゃんを連れて逃げてください」

唯は口元にぎこちない笑みを作った。闇の中で、額に脂汗が光っている。

唯を見捨てるなどありえない。彼女はすでに、僕にとって単なる協力者じゃない。

どうすればいい。

そのとき、怪物の足音が再びこちらに近づいてきた。

「くそっ」

今になって、牛尾から受けた暴力の痛みが全身に蘇りはじめた。左手の火傷も耐え難い。考えがまとまらない。

麻痺《まひ》したように、唯の顔を見つめる。

不安と、恐怖と、葛藤が、僕の心を千切っていく。

頭上の木の枝から、一枚の葉が舞い落ちてきた。その葉が地面に落ちるまでのあいだに、百の記憶と千の思考が僕の頭の中をよぎった。

唯が僕の手を握った。震えている。

掌と背に、二人の少女の体温を感じる。

これまでの人生。

いつかの雨の日、夜の記憶。

「……テセウスだ」

「えっ？」

「テセウスは、迷宮に潜むミノタウロスに果敢に挑んで、奴を討ち取った」

僕は紫陽を地面に降ろした。

「僕がその役目だ」

唯は言葉を失ったようだった。

「もうすぐ、奴が戻ってくる。僕が奴を引きつけるから、その間にきみは警察に通報してくれ」

「でも――」

唯が口を開こうとするのを、僕は手で制した。牛尾が戻ってくる。僕がこの場所から出てくる姿を見られるわけにはいかない。もう言葉を交わす時間はなかった。

「紫陽を頼む」

唯にそう言い残し、僕は意を決して道に飛び出した。

まずは唯と紫陽から距離を取るため、小道の奥へ足早に進む。

心臓が痛いほど脈打っていた。いつ何時《なんどき》、牛尾と遭遇するかわからない。気が気ではなかった。

底なしの恐怖に相反し、迷宮を縁取る紫陽花が闇の中で色鮮やかに咲き誇る。

道の途中、下へと続く石階段が見えた。僕は背後を振り返る。視線の先、僕たちが頂上から下ってきた坂の上から、大きな影が落ちてきた。

薄くかかった夜霧の中で、外灯が怪物の輪郭を縁取った。

全身から汗が噴き出る。

怪物の突進。

刹那《せつな》、目の前で大斧が振り下ろされた。が、不意に視界がぐらっと揺れた。天地がひっくり返る。全身に衝撃を感じた。

気づくと僕は湿った土の上に横たわっていた。足を滑らせて坂から転げ落ちたのだ。目の前には血の滴った大斧が落ちている。見上げると、牛尾が咆哮を上げながら迫っていた。

慌てて立ち上がる。つんのめりながらも、必死で駆けだした。

無数に咲く紫陽花の中を無我夢中で駆け抜けた。足元の雑草や濡れた岩肌が、僕を何度も転ばせる。

牛尾はすぐ背後に迫っていた。方向感覚はすでに失った。ここがどこで、紫陽と唯からどれだけ離れたのかもわからない。

僕は完全に、この紫陽花の――挿し木の迷宮に迷いこんでいた。この花々は、すべて無性生殖、クローンなのだ。そして、迫りくる怪物はその化身だ。

ここはまさに、クローンの迷宮なのだ。

出口はない。光も届かない。どこに向かっているかもわからず、永遠にさまよいつづける。希望とは無縁の、孤独な世界。

僕の人生そのものだ。紫陽を失ってからの、僕の人生そのもの——。

——いや、違う。

失ってなかったじゃないか。紫陽は、生きていた。ようやく、ようやくなんだ。ずっと捜し求めていた、紫陽に会えたんだ。

だったら、今、死ぬわけには——。

そう思った瞬間だった。

怪物の魔の手が、僕の頭に振り下ろされた。

とっさに手でガードする。が、その上から、側頭部に大きな衝撃を受けた。

一瞬、気を失いかける。直後についた尻餅の感覚が、なんとか僕の正気を保たせた。

顔を上げると、牛尾が飛びかかってきた。防御する間もなかった。全身が地面に叩きつけられる。息ができない。

牛尾は僕に馬乗りになった。嵐のような殴打を浴びる。僕は必死で頭を守った。だが、もはや腕の感覚がない。

抑制の利かない獣の猛攻。これ以上、持ちこたえることができない。

——これは、もうだめだ。

僕は消えゆく意識の中で、紫陽と唯、二人の生存を強く願った。

視界が赤く染まっていく。その最中、人影を見た。遠くの紫陽花の茂みの中に、一人の少女がいた。

目を凝らす。

艶のある長い黒髪に、鮮やかな茶色の瞳。雫のような透明の肌。真実の微笑。

死に際に見る幻としては、悪くなかった。

彼女が口を開く。だが声は聞こえない。すると今度は、僕に向かって銀色に光る何かを投げつけた。

その何かは、僕のそばの地面に刺さった。

木の柄の短刀。母から紫陽への形見。テセウスの短剣。

僕はそれに手を伸ばした。柄を握る。それから、残る力のすべてを振り絞って、怪物の首筋に刃を突き刺した。

この世のものとは思えない絶叫が、あたりの木々と紫陽花を揺らした。

どす黒い血が、大量に噴き出す。

「……マァタジー」

牛尾は消え入る声でそうつぶやいた。その傷口を手で押さえることもなく、ただ力なく僕の上にのしかかった。

しばらくしても、牛尾が再び動きだす気配はなかった。

終わった……のか。

僕は血みどろのまま、その巨体を押し返して、なんとか這い出た。

二の腕で顔を拭う。見ると、牛尾はすでにこと切れていた。

全身が、途方もない痛みと疲労感に襲われていた。立ち上がることすらできない。

僕は顔を上げ、紫陽のいた場所を見た。だが、そこに彼女はいなかった。

どこを見ても、紫陽の姿はなかった。

9　七瀬悠／現在

それから、僕が憶えていることは多くない。

記憶にあるのは、頰に触れる地面の冷たい心地よさ。

遠くのほうから近づいてくる、パトカーと消防車のサイレン。

僕を捜す唯の呼び声。唯は、僕の名前とともに、紫陽の名前も呼んでいた。おぼろげな意識の中、僕はしみじみと悲しみを覚えた。

紫陽は消えたのだ。僕たちの前から。

痛みと不快感で目を覚ました。僕は薄暗い室内にいた。どこにいるかは、匂いでわかった。僕の家だ。窓の外から夕焼けが差している。

僕はソファベッドに横たわっていた。頭がズキズキと痛む。服も体も、ある程度の汚れは落とされている。だが、衣服はそのままだ。土で汚れている。

家の中は静まり返っていた。

頭が働かないまま、僕はずるずると重い体を引きずって風呂場に向かった。服を脱ぎ、鏡を見る。ひどい有様だった。顔も体も、いたるところが赤黒く腫れていた。

風呂場は湿っていた。つい先ほどまで、誰かが使用していたのだろう。

温かなシャワーを浴びる。全身の鈍い痛みが幾分か和らいでいく。代わりに、昨夜の悪夢のような光景がフラッシュバックしてきた。

呼吸が荒くなる。

生きている実感が湧かなかった。

風呂を出て、痛みに堪えながらぎこちなく服を着る。居間に戻ると同時に、玄関扉が開く音がした。

唯がレジ袋を片手に、部屋に入ってきた。

「よかった。起きたんですね」

彼女は疲れ切った笑顔を見せた。

「紫陽は？」

僕の質問に、唯は目を伏せてかぶりを振った。

「……そうか。とにかく、きみが無事でよかった。どこに行ってたんだ？」

「コンビニで、これを買いに」

唯はレジ袋からおにぎりを取り出し、僕に手渡した。

「話は、それを食べてからにしましょう。大丈夫です。隠し事は、もうしません」

食事を終えたあと、唯は静かに語りはじめた。

「悠さんと別れたあと、私は警察に電話しました。でもつながらなくて……電波が届かなかったんです。それで、少しだけその場を離れたら、目を離した一瞬の隙に、しいちゃんはいなくなっていました」

それを聞いて確信した。あのとき僕に短刀を投げたのは、やはり紫陽だったのだ。

「私はパニックになりました。それで、警察に通報するのは諦めて、しいちゃんを捜そうと思ったんです。そしたら、遠くのほうで声が聞こえて、向かってみると、悠さんがあの大男とともに倒れていたんです」

「そのとき、周囲に紫陽は？」

「見ませんでした。暗かったですし、そのときは悠さんの心配で頭がいっぱいになってしまったのもありましたけど。それで、サイレンの音も聞こえてきて……助けを求めたかったんですけど、あの場にいたら面倒なことになるとも思ったんです」

「正しい判断だったと思う」

「それで、私は警察や消防隊に見つからないように、悠さんを運び出すことにしたんです」

「きみ一人で、僕を担いだのか？」

「いいえ。そこは文明の利器に頼りました。山道に運搬台車が放置されていて、拝借したんです」

僕はぞっとした。

「仕方がないじゃないですか。ほかに方法がなかったんです。足も怪我していたし」

「でも誰かに見られていたら、それこそ死体遺棄の最中だと思われていたよ」

唯は肩をすくめた。

「けっこう苦労したんですよ。道中、何度も落としちゃいましたし」

どうりで身に覚えのない痣が増えているはずだ。

「それで、地図アプリを頼りに、あの研究施設に戻りました。そこで悠さんの車を見つけて、悠さんを車に乗せて帰ってきたんです」

簡単に言っているが、ここに帰ってくるまでに相当苦労したはずだ。

「きみには助けられてばかりだ」

「最初に言ったでしょう。私が力になるって」

唯は得意げな顔を見せた。

「まあ、なんにせよ助かったよ……」

僕は思わず笑みを漏らした。すると、唯がじっとこちらを見ている様子に気づく。

「どうした？」

「いえ、なんだか初めて悠さんの本当の笑顔を見ることができた気がして」

僕は自分の顔を触った。

「そうかな」

「憑き物が落ちた感じがします」

僕は苦笑いした。

「悲しむべきだよな。僕は……僕たちはまた、紫陽を失ったんだ」

「でも、悲しくない？」

唯の質問に、少したじろぐ。図星だったのだ。

「……ああ。不思議と、そうでもない」

「実は、私もなんです。たぶん、しいちゃんが自分の意志で去ったと、今ではわかっているからですかね」

唯の言葉に、僕は納得した。

「いずれにせよ、私たちは彼女に振られちゃったわけです」

唯は寂しそうに笑った。

「みたいだね」

少なくとも、紫陽を追い求めるのは、もう終わりだ。

「唯。きみは、これからどうする？」

僕の漠然《ばくぜん》とした質問に、彼女は首をひねった。

「『どうする』って？」

「いや、特に深い意味はないんだけどさ、紫陽がいなくなった今、ほかに何かやりたいこととかないのかなって」

「んー、どうでしょう。考えたこともありませんでしたね」

唯は顎に手を添え、考える素振りを見せる。彼女のそんなひょうきんな仕草が、僕は好きだった。

「そうですねぇ。とりあえず、失恋パーティーでもしますか」

僕は笑った。

「いいね。ただし、僕の顔の腫れが治まってからにしよう」

「ああ、そうだ。私、出かける前まで保冷材でその痣を冷やしていたんです。冷やしつづけなきゃだめですよ、それ。あとさっき、ドラッグストアで痛み止めも――」

唯は立ち上がって、忙しなく動きはじめた。

僕は彼女の様子をぼーっと眺めながら、ふと「唯」と呼びかけた。

唯は立ち止まって僕を見た。

「なんです？」

「きみが無事でよかった」

唯の頬に赤みがさした。

「こっちのセリフですよ」

エピローグ

1　七瀬悠

不謹慎ではある。それでも田舎《いなか》町で起きた不可解な大事件というのは、そこに住む人々にとってレガシーとなる。もちろん、話のネタとして。

山城美術館の炎上。地元警官の惨殺死体。山道で発見された大斧と出所不明の大量の血痕。

謎に満ちた一夜の出来事について、皆が噂話をした。しかし、真相が明るみに出ることはなかった。石見崎や平間の事件もそのままだ。担当刑事の多田は急死し、黛も突然異動になったという。

四年経った今でも、それは変わらない。

その理由はわからずじまいだが、何かしらの圧力があったのかもしれない。まるで陰謀論のようにも聞こえるが、事実、日江製薬のスキャンダルが表に出ることはなかった。

日江製薬といえば、主幹研究員兼代表取締役だった七瀬京一は、謎の失踪を遂げたことになっていた。これについては『関係各所と協力し、適切に対応していく』という会社側のコメントとともに、ほとんどの新聞各社に取り上げられた。ただし、これについても特段の進展はなく、失踪の報道から数日後には穴埋めの役員が新たに選任された。

僕の現状については、特筆すべき事柄は何もない。かつてのような〝妹捜し〟とは縁を切り、比較的、健全な――少なくとも、唯の言う『破滅的』ではない――人生を送ることができていると思う。

僕は二年前に博士号を取得したのち、研究職に就くことなく地元の日江市に戻った。僕にはやりたいことがあった。焼け落ちた山城美術館の復元だ。活動には唯も協力してくれた。

僕は博士論文を進める傍《かたわ》ら、唯の提案を受け、クラウドファンディングで寄付を募っていた。小さな田舎町の美術館を支援したいなどという酔狂な人物がいるとは思っていなかったが、最終的には目標額三千万円に対し、その十倍の三億円を調達できた。どうやら、ある匿名の人物がそのほとんどを出資してくれたらしく、これには僕も開いた口がふさがらなかった。実際、しばらくのあいだは僕の落ちた顎を唯が手で戻してくれていた。

それと、唯――本名は石見崎真理だが、僕はいまだに彼女を〝唯〟と呼んでいる――とは、あの事件以降、僕の実家で一緒に暮らしている。

同居の理由は、ロマンチックなものじゃない。ただ、僕たちは二人とも、あの一連の出来事を経験したことで、お互いに独りになることを恐れていた。

僕は日江市の観光案内所で働きながら、空いた時間を美術館復興に充てた。建物の復元にあたっては地元の建設業者に依頼した。だが、なんといっても美術館は昭和初期のころに建てられたものだ。当時の建設資料もなく、復元は写真や記憶をもとに進めるほかなかった。

僕は役所の人たちにも協力を仰ぎ、写真を提供してもらったり、建設業者との打ち合わせに美術館の当時を知る町の人たちに同席してもらったりした。昔馴染みの彼らの記憶が、美術館の基本設計に大いに役立つのだ。

その一方で、展示する収蔵品がなければ美術館は成り立たない。そこで、唯には美術品の蒐集をお願いした。唯は地元の画家や画廊を回り、山城の紫陽花を描いた絵画を集めた。

そういったさまざまな人々の努力の末、山城美術館はついに復活を果たした。

そして七月二日の今日は、その落成式だった。天気は快晴。見事な梅雨晴れだった。

「みなさん、本日はお集まりいただき誠にありがとうございます」

僕は緊張で声を震わせながら、そう言った。

復元された美術館前には、僕が招いた人たち――クラウドファンディングの寄付者や建設業者、市役所職員、画家、その他町民など、総勢三十名ほど――がいた。

僕はこういったスピーチが苦手だった。学会発表とは丸っきり異なる。情けなくも、僕は事前に唯に代理をお願いできないか打診していた。誰を前にしても物怖《お》じしない彼女のほうが適任だと考えたのだ。だが、にべもなく断られた。

「悠さんがやらなきゃだめです」

唯はきっぱりとそう言った。

「美術館を焼失させた責任は悠さんにあるわけですし」

「燃やしたのはきみじゃないか」

唯は聞き分けのない飼い犬を見るような目で、僕を見た。

「大丈夫ですよ、悠さん」

唯はニッと歯を見せて笑った。

「スマイルですよ、スマイル」

そんなこんなで、僕は唯のアドバイス通りに笑顔を保ちながら、皆に心からの感謝の気持ちを述べた。

「今日はぜひ、生まれ変わった山城美術館を楽しんでいってください」

スピーチを終えると、皆から拍手を受けた。僕は隣に立つ唯にそっと目をやった。

お褒めの言葉をひとつくらいいただいてもいい出来のはずだ。

しかし、唯は催眠術にかかったかのように、遠くのほうに目を据えていた。

「唯？」

彼女は目を覚ましたように僕を見た。

「ああ、うん。いいスピーチでしたよ。心打たれました」

まともに聞いていなかったのは明らかだった。

「何を見てたの？」

僕が問うと、唯はいつかも見せた悲しい笑みを浮かべて、僕の手を握った。

「幻です。見惚《みと》れてしまうほどのきれいな……幻」

2　七瀬紫陽

私は、色とりどりの紫陽花が咲き誇る石階段をゆっくりと降りていた。

きっと、真理はこちらの存在に気づいただろう。それでも、再び言葉を交わすつもりはなかった。ここに来たのも、最後に一目だけ、あの二人の姿を見ておきたかっただけだ。

できることなら、二人のもとに駆け寄りたかった。目を見て、たくさんの謝罪と感謝の気持ちを伝えたかった。呪われた運命にあった自分が、身に余る幸福を享受できたのは、すべてあの二人と出会えたゆえだった。

それでも、今の私に、彼らとの再会は許されない。

石階段を降りた先で、ダークグリーンのスーツを着た一組の男女が私を待っていた。

「マァタジー。会の時間です」

女のほうが淡々と私に告げた。

マァタジー。私の——否、樹木の会の教祖の呼び名だ。初めのうちは、その滑稽な響きに何度も自嘲をこらえたが、もう慣れてしまった。

私は今、神を演じている。


四年前のあの夜、この山城で、私は目覚めた。いや、『目覚めた』という表現は的確ではない。私には、ずっと意識があった。周囲の会話も、自分がどこにいるかも、誰に触れられ何をされているかも、常に把握していた。

ただ、出来損ないの私の体は、私の脳内指令を完全に無視していた。私は、長いこと閉じこめられていた。打ち捨てられたマネキンに憑依《ひょうい》した幽霊の気分だった。

あの夜、京一から投与された薬のおかげで、私は自分の体の支配権を取り戻した。あの極限状態の中、私は自分のやるべきことを完全に理解していた。悠や真理に担がれるあいだ、人形の振りを続け、機を見計らっていた。真理には悪かったが、彼女が離れた瞬間に闇に紛れた。この迷宮は、姿を隠すのに都合がよかった。私は筋力の衰えた足で、ほとんど無様に転がりながら、山城を降りていった。

途中、怪物の咆哮が耳に届いた。目をやると、薄明かりの外灯の下、悠が牛尾に殺されかけていた。彼のもとに駆けつける余力はなかった。慌てて自身のポケットを探ると、真理が御守り代わりに忍ばせてくれていた短刀があった。

私は渾身の力を振り絞って彼に声をかけ、あの短刀を投げた。

悠があの怪物の息の根を止めたのを見届けたのち、私は山城を降りた。降りた先では、今のように樹木の会の信者が待ち受けていた。

私は、自分のやるべきことを完全に理解していた。

彼らは樹木の会の新しい指導者たる者を求めていた。真鍋宗次郎亡き今、彼の遺言に従い、信者たちは私を奉《たてまつ》ろうとした。牛尾を使い、私の居どころを突き止めていた彼らは、私の保護を申し出た。その代わりに、樹木の会の新たなイコンとなってほしい、とのことだった。

それは渡りに船だった。なぜなら、それこそが、悠と真理を救い、二人の日常を守る唯一の手段だったからだ。樹木の会という強大な組織の庇護下に入れば、この国の警察やマスコミ、政界や経済界に入りこんだ信者たちによって、二人をこのいびつな世界から遠ざけることができる。

願いは聞き届けられ、私は役目を引き受けた。

皆が私を崇《あが》め奉った。だからといって、女王になったわけじゃない。あくまでもイコン、シンボルなのだ。どこに行き、誰と会い、何を語り、どう振舞うか、常に〝顧問〟から指示があった。とどのつまり、壊れた人形だった私の四肢に、今度は操り糸が結びつけられたというわけだ。

ここに来られたのは、私のわがままだ。わずかな時間のみ、二人を目にすることが許された。ただし、会話はできない。ほかの人々の視界に入ることすらも禁止されていた。『神秘性が失われるから』というのが理由だそうだ。

神秘性。笑える話だ。私たち人間の神秘性など、一九五三年にフランシス・クリックとジェームズ・ワトソンがＤＮＡの二重らせん構造を発見したときから、とうに失われている。生命の本質は神秘的なものではなく、小学校の理科室で学ぶ化学反応と同じ、ごく普通の物理的・科学的作用の産物なのだ。

かくいう私にいたっては、その出生は人類でもっとも穢《けが》れている。とある人間たちの薄汚いエゴから発生した私を神と崇めるなど、なんたる皮肉だろうか。

「どうかされましたか？」

女が奇妙な表情で私を見た。

「何が？」

「いえ、微笑んでいらっしゃったので……」

指摘されて、初めて気づく。

そう、経緯はどうあれ、私はこの世に生を受けたことに喜びを感じていた。自分が愛した二人の人間が、幸せな日常を送っている。それだけで、この命に価値があるように思えた。

「なんでもないわ」

ふと視線を落とすと、道端の紫陽花が目に留まった。それはまだ植えられたばかりの挿し木で、花開いて間もないようだった。

私はもう一度、微笑んだ。

その立派に咲き誇る姿は、なかなかまあ、満更でもなさそうだったからだ。

刊行にあたり、第23回『このミステリーがすごい！』大賞文庫グランプリ受賞作品「一次元の挿し木」を加筆修正しました。

この物語はフィクションです。作中に同一の名称があった場合でも、実在する人物・団体等とは一切関係ありません。

第23回『このミステリーがすごい！』大賞

本大賞は、ミステリー＆エンターテインメント作家の発掘・育成をめざす公募小説新人賞です。
『このミステリーがすごい！』を発行する宝島社が、新しい才能を発掘すべく企画しました。

【大賞】
「謎の香りはパン屋から」土屋うさぎ

【文庫グランプリ】
「一次元の挿し木」松下龍之介
「どうせそろそろ死ぬんだし」夜ノ鮪
※香坂鮪に改名

二〇二四年八月二十三日、宝島社において最終選考会を行なった結果、第23回の受賞作は右記に決定しました。賞金は大賞一二〇〇万円、文庫グランプリは二〇〇万円（均等に分配）です。

●最終候補作品
「どうせそろそろ死ぬんだし」夜ノ鮪
「わたしを殺した優しい色」瀧井悠
「九分後では早すぎる」入夏紫音
「一次元の挿し木」松下龍之介
「魔女の鉄槌」君野新汰
「私の価値を愛でるのは？　十億円のアナリスト」松井蒼馬
「謎の香りはパン屋から」土屋うさぎ

〈解説〉
大風呂敷をきちんと畳み、骨太のミステリーを描く新人誕生

瀧井朝世（ライター）

インドで発掘された二百年前の人骨のDNAが、四年前に失踪した妹のものと一致した──。
第二十三回『このミステリーがすごい！』大賞の文庫グランプリ受賞作、松下龍之介の『一次元の挿し木』は、設定された謎《なぞ》の魅力において、候補作のなかで群を抜いていた。内容もアマチュアとは思えない筆さばきで、一次選考二次選考でも高評価。最終選考委員の私も迷いなく高評価をつけた（ちなみに今回の大賞受賞作品、土屋《つちや》うさぎの『謎の香りはパン屋から』にも高評価をつけた）。最終選考会では、本作の入選に異を唱える者は誰もいなかったが、議論が過熱するなかで潮目が変わり、惜しくも大賞ではなく文庫グランプリに決定した。僅《きん》差《さ》だったと思う。つまり、これは大賞に選ばれてもおかしくない作品だったのである。

大学院の博士課程で遺伝人類学を学ぶ青年、七瀬《ななせ》悠《はるか》。彼は幼い頃に父を亡くし、十代の頃に母親が再婚したため義父の連れ子だった紫陽《しはる》と兄妹関係となった。二人は成長するにつれ

家族以上の愛情で結ばれていくが、四年前の豪雨の日に紫陽が失踪。それから悠はメンタルに不調をきたし、笑顔を忘れ、抗不安薬を常備する日常を送ってきた。ある時、研究室に送られてきた二百年前の人骨と、以前採取していた紫陽のDNAが一致。解析ミスの可能性は低い。動揺する悠は指導教官の石見崎《いしみざき》の自宅を訪ねるが、そこで見つけたのは教授の遺体だった。さらに、研究室から人骨が何者かに盗まれてしまう。

石見崎の葬儀で悠に声をかけてきたのが、唯《ゆい》という女性だ。故人の姪《めい》だという彼女は、石見崎の娘で車椅子生活を送っている真理《まり》がいなくなったという。二人はそれぞれの謎を探るため、協力しあうことに決める。

冒頭からさまざまな謎がちりばめられていく。二十四年前、インドのループクンド湖で人骨を入手した悠の義父の七瀬京一《きょういち》と石見崎、そして仙波《せんば》佳代子《かよこ》は一体何を研究していたのか。二百年前の人骨と紫陽のDNAがなぜ一致したのか。石見崎はなぜ殺されたのか。時折登場し、残虐な行為に走る牛尾《うしお》という男は何者なのか。また、京一の父と宗教集団「樹木の会」が懇意にしていたことは、今回の謎と関わりがあるのか。ジャーナリストたちが追っている、京一が経営する製薬会社のスキャンダルとは何なのか――。

新人とは思えないほど上手《うま》い、と唸《うな》らせるポイントがいくつもある。

まず、どうすれば読者の興味を引き、それを持続させられるか、この書き手はちゃんと理解している。プロローグで壮絶な景色と不穏な空気を提示する導入方法（ちなみにループクンド湖は実在する)、第一章の冒頭を主人公が葬儀に大ハンマーを持ち込んで棺《ひつぎ》を叩《たた》き壊すという派手なシーンにするという引き込み方。その後も章や節の引きの作り方、中だるみさせない場面転換のタイミングなどが絶妙だ。

文章は非常に簡潔だ。遺伝子の研究や実験内容など科学的な事柄の説明も分かりやすく、会話文は時にユーモアと明るさを持たせ、〝ちゃぽん〟という擬音の使い方なども効果的。本書は七章立てだが、その中も細かい節に分かれており、一節一節が非常に短い。同じ場面が続くのに節を変えている箇所もあり、全体的に非常にリズミカルな印象。視点人物となるのは悠だけでなく、教授の石見崎やインドのアモール、悠の義父の京一や雑誌編集者の平間《ひらま》などと入れ替わり状況を立体的に見せていく。悠の甘く切ない回想シーンも挿入され、読者の脳裏に浮かぶ景色を二転三転させていくのだ。視点人物が多いわけだが、悠の節のみが一人称文体、他は三人称文体にするという配慮があり混乱を生じさせない。主人公についてはその内面をも生々しく描きつつ、彼が知らない事実については他の客観的な視点から読者に知らせることでスリルと説得力を生み出しているのだ。また、どの人物も個性や背景がしっかりと書き分けられており、かつ、途中で姿を消す人物も複数おり、キャラクターの渋滞が回避されている。

なにより巧みなのは、複数の複雑な謎の整理の仕方である。事実を小出しにしつつ、謎が謎を呼ぶ流れで吸引力を保持している。なかなか明かされない事実もあるが、決して思わせぶりだったり、もったいぶって隠しているようには感じさせず、読者に苛立《いらだ》ちを抱かせない。

というのも、その場面ごとに、そこでは読者がどの謎に集中すべきかをきちんとコントロールしているからだ。なにかいわくがありそうだな……と思わせつつも不自然に伏せているようには感じさせず、突如事実を突きつけてはっとさせる演出もなかなかのもの（特に、236ページで明かされる事実に関しては、そこまで不自然に感じさせないように細心の注意を払ってきて最高のタイミングで提示したと思う。実に巧い）。

もちろん、物語の幕の閉じ方もあっぱれで、主人公の精神的な成長物語として読ませる。ここまで広げた大風呂敷を、きちんと畳む力もあるというわけだ。

骨太なミステリーでもあり、ＳＦ的な要素も含まれた本作を書き上げた新人は、いったいどんな人物なのか。

松下龍之介は一九九一年生まれ、東京都江戸川区出身。千葉工業大学の工学部で学び、同大学大学院の工学研究科で主に流体力学の研究に従事した。修了後、二〇一六年に機械システム事業を扱う会社に入社、産業用機械の設計に携わってきたという。現在は茨城県土浦市で、国内外の火力発電所・製鉄所向け高圧ポンプの設計・技術提案に携わっている（本作の主な舞台が茨城県であることも納得だ）。また、学生時代はベトナムでのインターンシップやニューヨークへの語学留学をはじめ、旅行で様々な国を見て回ったという。

数年前まで、小説家になりたいと思ったことはなかったという。海外ＭＢＡを取得するため日夜勉強に励んでいたところ、コロナ禍で留学の目処が立たなくなったことから、学費稼ぎのために小説を書き始めたのだそうだ。この執筆歴の浅さながら、この書きっぷりは驚くべきものがある。

多忙のため執筆から遠ざかった時期もあったが、本作の前には二度、新人賞に応募したことがある。記憶の同期をテーマとした時間遡行SFやインドネシアのカリマンタンを舞台にしたサスペンス、女子高校生が新興宗教を立ち上げる話などを書いていたという。また、本作を『このミステリーがすごい！』大賞に送ったのは、作品完成時に応募期日が近かったため、とのこと。以上の投稿歴から分かるように、ミステリー作家を志望していたというわけではないようで、今後幅広い作品を書いていけそうだ。

本作については「『あらすじからして面白い！』」というものを目指しました」といい、そこから今回のDNAをめぐる謎を思いついた。DNAや考古学、宗教に関する知識は一切なく、半年ほど関連書籍を読み漁《あさ》ったという。今後の目標はふたつあって、「公募の大賞を獲《と》ること」と「読者の方にとって、生涯の友となり得るような本を書くこと」。

自身でも「大変怖《おそ》れ多いですが」と前置きしつつ、大賞受賞には自信があったため、文庫グランプリと連絡を受けた時は落ち込んだといっている。それでも、本人が「この悔しさをバネにして、次回作に取り組む所存です」という通り、大切なのはここからだろう。大きな賞を獲って燃え尽きる人もいれば、デビューの経緯に関わらず、プロになってからどんどん飛躍していく人もいる。松下龍之介は、後者だと確信している。本作はもちろん彼の到達点ではなく、スタート地点だ。しかも、非常にレベルの高い出発点である。ここからどこまで飛んでくれるか、期待しかない。

二〇二五年一月

宝島社
文庫

一次元の挿し木
（いちじげんのさしき）

2025年2月19日　第1刷発行
2025年6月24日　第5刷発行

著　者　松下龍之介
発行人　関川誠
発行所　株式会社 宝島社
〒102-8388　東京都千代田区一番町25番地
電話：営業 03(3234)4621／編集 03(3239)0599
https://tkj.jp
印刷・製本　中央精版印刷株式会社

Printed in Japan
ISBN 978-4-299-06404-2